走不出沙漠的駱駝

周淑屏

走不出沙漠的駱駝

作者／周淑屏
策劃編輯／賴百樂
協力編輯／卓希雪
美術設計／胡凱悦
出版發行／突破出版社
香港沙田亞公角山路 33 號突破青年村
電話：2632 0000　傳真：2632 0388
電郵：breakthrough@breakthrough.org.hk
網址：http://www.breakthrough.org.hk
http://www.btproduct.com
承印／海洋印務
2025 年 4 月初版 1 刷

In My Life

by Chow Suk-ping
First Printing, First Edition, April 2025

Printed in Hong Kong
ISBN 978-988-8846-18-4

每一個
年輕人都應當
乘着夢想的
翅膀出航。

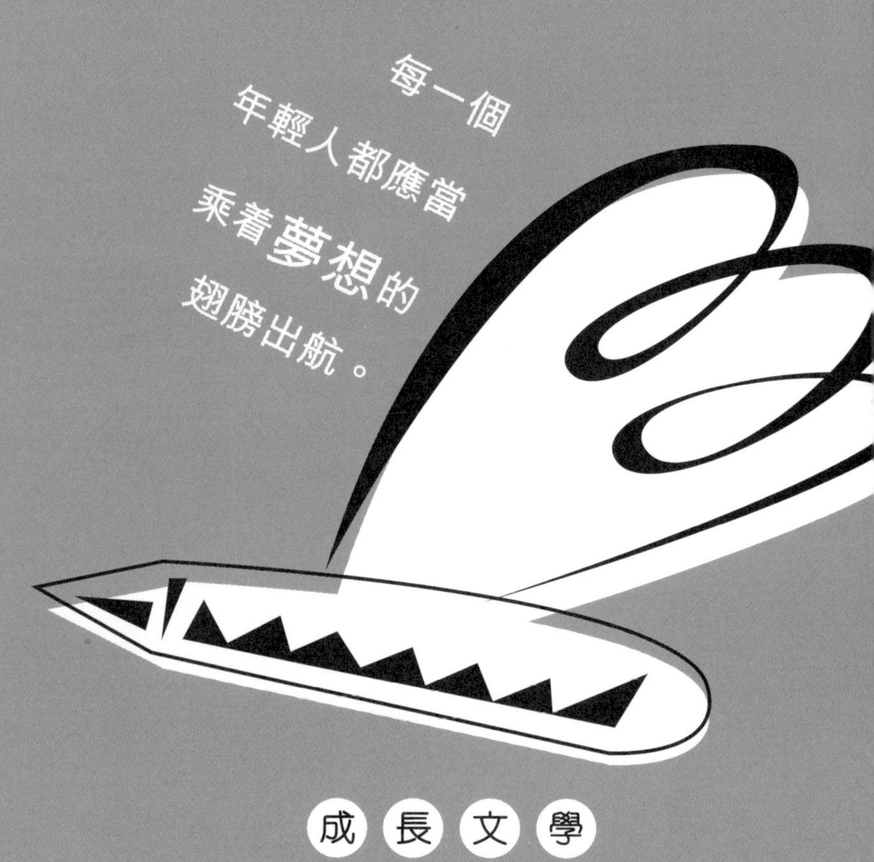

成長文學

目錄

緣起　南豐紗廠窗外的夕陽

在南豐紗廠五樓一個玻璃間隔的會議室內，會議桌的一頭，一個拿着錄音筆應是記者的女孩，正在訪問一個白髮蒼蒼的老人。

老人惘然地望着窗外，完全沉緬於回憶中的她，喃喃地說：「雖然紗廠已關閉這麼多年，我還是常做着在這廠房裏工作的夢——和同事聊天、被廠長訓話……一切一切，都恍如在昨天。沉醉在這樣的夢境中，甚至不想醒來。四十年前，我曾是這紗廠的一個紡紗女工……」

然後，老人道出之前在這裏工作的大小事，她的記憶力已經不好，將往事重重複複地說了很多遍。訪問她的記者因為聽了許多遍同樣的話，已有點心不在焉了，她望向走廊，想起這紗廠被保育的緣起……

南豐紗廠位於荃灣柴灣角白田壩街四十五號，於一九五四年由人稱「棉紗大王」的南豐集團創辦人陳廷驊設廠，總樓面面積二萬四千五百平方公尺，當時為香港生產量最高的紡織廠。二〇一四年，南豐紗廠開展活化工程，並在二〇一八年十二月六日工程完成後開幕，設有工作空間、紡織文化藝術中心、零售樓面與休憩空間。

活化工程中，紗廠過去的部分特色及設計獲得保留，保留舊有綠色油漆的牆身、選用與以前同樣物料及工藝所製造的舊式鐵框窗戶等，而當中也有就舊有結構進行加固工程，並加入了玻璃幕牆。紗廠外牆上的「南豐紡織有限公司」的標誌字型原已停產，在修復時需要重新倒模，並沿用式微工藝重新製作，以人手逐片重新貼上紙皮石，再置於原位。紗廠的中庭運用了大量玻璃，而頂部也設天窗引進自然光。

陽光從玻璃幕牆外射進來，彷彿將這裏的兩個人從夢中喚醒。記者收起錄音筆，站起來向老人道謝。看着窗外的雲彩漸漸被沉下去的太陽照成橙黃色，她想起數年前的自己也曾被困在夢裏，逃不出來。

第一章　逃不出的夢

誰沒做過夢？夢的內容五花八門，有些人每晚做很多夢，有些人說自己沒有做夢，當然不是，沒有做夢，只是他醒來不記得；有沒有做夢，只是記得和不記得的分別而已。

有人說如果醒後，記得夢境很清楚，是代表他那晚沒有好好休息，腦部還在不停地工作，醒來之後就會精神萎靡。

思嘉就是這樣的人，每一晚都做很多夢，醒來之後，每一個夢都記得清清楚楚，所以每天醒來都是懨懨欲睡，好像沒睡過一樣。

這不是很困擾嗎？所以她常常在網上找資料，去分析自己做的夢。這些夢是什麼意思呢？代表自己在怎樣的精神狀態之下呢？還是那些夢有預兆的作用？

她記得小時候聽老師說《聖經》故事時，故事中那些皇族做的夢都是有意思的，都是一個預警，或者一個警告，他們都要請人去解夢，解夢之後，如果處理得好，會有好事發生；處理不好，當然有壞事發生了。

她不會迷信到想去找一個解夢師，為自己分析夢境，但如果老是做同樣的夢，被同一個夢境困着、煩擾着，那是多麼痛苦的事情！

小時候，她總是做着這樣的夢——她可以飛來飛去，往很遠的地方，她很想告訴朋友自己可以飛，但是當告訴別人的時候，她就飛不起來了。她也常常做夢從樓頂跳下去，身體卻絲毫無損，雖然絲毫無損，卻是十分惶恐。

後來長大之後，她看過一些資料，說那是代表她有很多夢想要去追尋，但是又未必有能力做到，所以會做這樣的夢。

長大出到社會工作，她卻常做着回到學校上課的夢。夢中的她竟是穿着睡衣去上課，當發現自己穿着睡衣之後，很尷尬，很想換回校服，但總是找不到校服，也找不到地方去換。另外常做的夢是要考試了，卻完全沒準備，對考試的內容完全陌生，面對考卷時驚懼萬分，懊悔萬分。或者自己已是二十多歲了，但穿回從前的校服回學校上課，同學都是小朋友，感到十分彆扭。

有人分析做這樣的夢是因為在現實生活中壓力大，對自己沒信心，很想回到學校，但是又知道這些年月已經回不去了，就在巨大的生活壓力和盼望不能實現之間，做了這樣的夢。

她更會做其他離奇古怪的夢：有幾次夢到自己去一些村落，或者一些舊屋邨，或者一些山區的屋村，自己想去市集買食物，夢中知道不遠處的市集是有很多美味的食物，令人垂涎三尺，可是走來走去總找不到，或是去到那裏時市集已經不見了，或是市集已經散去了，於是什麼也吃不到。

當然會有人分析那是因為她當時是餓着肚子入睡，就會做這樣的夢，其實是肚子餓想吃東西的緣故，這些夢沒有什麼大不了的，只是反映身體的狀況而已。

最令她感到恐懼的夢，是回到自己住的屋子裏，在屋裏發現一些隱藏的地方，那是自己從未到過的，那些地方都很隱蔽、很神秘，令人好像進了密室，或是在玩密室逃脱一樣。或者夢到房子裏進來了很多陌生人，他們好像要到店子裏光顧、要買些什麼的，但是這裏明明是自己的家，不是店鋪呀！為什麼有這麼多陌生人進來？他們甚至佔據了她的家，在她的家裏吃喝玩樂，鵲巢鳩佔。

有人分析這是沒有安全感的緣故，家就代表安全感，在家裏發現自己不認識的地方或者有很多陌生人進來，都是害怕自己的安全區域被入侵、自己的舒適區被破壞，這是沒安全感的表現。

為什麼會有這些不安全感呢？這令到思嘉十分困惑，而最近這個月以來常做的夢境，就更加令她困惑了。

這些夢境幾乎隔一兩晚就出現，而且夢中的情境、景物甚至地方都差不多。在夢境中一再見的景物、情況、情節，都對她造成很大的困擾及震撼。

夢境是這樣的：她在從前工作過的工業大廈裏找什麼似的，一層一層的去找，無論乘電梯或走樓梯，也找不回從前自己工作的地方、從前熟悉的地方。又或者不是上上落落，而是在一個偌大的工業大廈空間裏，有很多不同單位、很多不同間隔，但是走來走去彷彿進了一個迷宮，找不回從前熟悉的地方，找不回從前熟悉的人。走了很多遍，身心都疲累了，然後蹲坐在地上，徒然歎息，徒然悵惘。

在夢中，她感到極度疲累、極度困惑，疲乏得幾乎不能呼吸，有很多次，是在不能呼吸中驚醒的，之後，那種惘然仍是揮之不去。

那是怎樣的夢境？為什麼這麼折磨人？反復出現的那個景象，令她想到中學時代讀到的這兩句詩：「此情可待成追憶，只是當時已惘然。」

記得夢中的工業大廈是位於觀塘的駱駝漆大廈，她從前在那裏工作過，在那裏有很多很多難忘的回憶。除了駱駝漆大廈，夢中出現的還有在荔枝角的利來工業大廈，那裏的單位間隔、那裏的電梯、貨梯大堂，她仍然清晰記得。

為什麼夢境中會出現這兩幢工業大廈？而且自己怎樣走也走不出去？再找不到從前自己熟悉的地方，找不到認識的人，然後困惑的她想從這棟大廈裏逃出去，但是怎樣也找不到出路。明明已經到了地下的貨梯大堂，但是大堂的地板離地面很高，她就是不能跳下去，怎樣跑、怎樣跳，也離不開這兩幢工業大廈。

她明白自己在這兩棟大廈的某個單位中有過一些縈繞且揮之不去的回憶，白天盡量不去想，可是，在夜裏還是會來糾纏。

怎麼辦呢？她曾經去看中醫，吃了很多令人可以酣睡的中藥，不錯是容易入睡，但是仍然會做那些夢，仍然會做在工業大廈裏跑來跑去、找不到熟識的人、找不到出路、逃不出去的夢⋯⋯

或許不睡覺就不會做夢了，她用三個枕頭墊得高高，令自己較難入睡，希望這樣就不會做夢，然而每當因為累極而睡着時，還是會做那樣的夢。

她從圖書館借來一本解釋夢的書，那本書說，原來做夢是有積極作用的。

首先，心理學家佛洛伊德認為夢境具有象徵意義，其內容就是你腦中潛意識的想法、衝動或是慾望，分析你記得的夢境元素，能令人了解自己的原始願望，能避免無意識的壓抑內心。

其次，在睡眠時，大腦皮質會重新回顧神經連結，人的某些記憶會在睡夢中被增強，亦讓你忘記不重要的事情，這是夢中「取捨」的過程，令腦袋不會被沒有用的資訊充斥，妨礙思考。

還有，在夢裏面遇見危機，其實是在訓練你的危機處理能力。在夢裏面，你會透過心智創造各種情境，幫助你解決現實生活中的問題，並釐清在清醒時沒辦法想清楚的問題。

怎樣解決夢中的問題，或者藉着夢解決現實的問題呢？思嘉苦思不得其解。

她甚至在網上極力尋找那兩棟工業大廈的圖則，看看有哪些出口，以為看熟了、背熟了，晚上做夢時就不會逃不出去。看了十次、一百次之後，在夢中應仍然有記憶，可以找到出路吧？但是這樣沒能讓她成功逃出去，於是她開始懷疑在網上找到的圖則都是不準確的，她亦去圖書館、去政府的地政署找這些工業大廈的圖則，然而也是無功而還，於是她決定要重回舊地，回到這兩幢工業大廈去找答案。

首先，她去的是位於觀塘的駱駝漆大廈。

第二章　駱駝漆大廈

思嘉聽朋友說過駱駝漆大廈已經和從前完全不同，從前它只是有很多廠房、辦公室的工業大廈，現在它儼然成了一個商場，成為許多人購物的好去處。思嘉是這樣聽說過，可是從沒舊地重遊，也許是因為她逃避再回去這個勾起她無數回憶的地方吧！

從觀塘地鐵站B1出口出來，走大約兩分鐘，就會來到駱駝漆大廈。駱駝漆大廈共分三座，但購物或遊逛的重點在第三座。入口是兩幢大廈中間的黑色小閘口，左邊是第一和第二座，右邊就是第三座。

駱駝漆大廈樓高十二層，第三座有超過二百間店舖，是全香港最具特色的工廈商場，來到這裏既可以感受到觀塘獨有的工廈社區文化之外，亦可以在這裏買到便宜貨和尋寶，很多人是抱着獵奇和挖寶的心態來的。

除了新潮化妝品和服飾外，售賣的貨品種類多元化，有名牌護膚品、時裝皮具、戶外行山用品、健康食品、進口零食、紅酒、手工啤酒、高級食材、玩具開倉、傢俬家庭用品，婚紗攝影、派對主題房、工作坊、私房菜等。

當思嘉走到駱駝漆大廈的門口，有很多派傳單的人追着她，派發駱駝漆大廈的購物天書給她，她翻一翻來看，看到書中有最新最齊的購物資訊。這裏客轎只有兩部，而且每層都停，以致訪客大排長龍，每逢週末要等半小時也是常事。

每層正中間就是電梯大堂，左右是店舖。思嘉乘電梯到了頂層，然後一層一層行樓梯往下參觀，她發現後樓梯的橙色牆身也很有特色。

工業大廈裏面的店舖租金當然比一般商場便宜。這裏的時裝店開倉也有很多，大多是沒品牌的，也看到了一些有品味的獨立品牌進駐。此外也有一些水貨波鞋店，售賣特別版波鞋。

還有幾間店是專賣模型和玩具的，店主愛把包裝盒貼到店舖門外的牆身，當作是自己推廣商品的廣告牆。另外，連親子教育及兒童圖書、童裝、BB車、各式零食及營養品等等都有售賣。

要找吃的，這裏有很多食材店和凍肉店，包括大囍慶蝦子麪的總店、大澳的益昌號海味店，大廈裏總共有超過四十多間的餐廳，有些人逛到累了，就先走去觀塘海濱花園那邊看日落，呼吸一下新鮮的空氣，最後才回到這裏吃東西。

雖然思嘉來這裏的目的不是購物，但是也被這裏形形色色的商店吸引了，逛了個多小時後，她到了三樓，其中一間是賣零食的商店，裏面有不同國家出產的食品 她看到有幾個人在選購日本和台灣的零食。其中一個女孩說：「上星期剛去日本旅行，但因為我是乘廉航的，不能拿很多行李回來，所以沒有買手信給家人及朋友，這裏有很多日本的便宜零食，我在這裏買了，就當成是從日本帶回來的手信。」

另一個女孩說：「我也是啊，我剛從台灣回港探親。在台灣住了一年，竟不知道該買什麼手信回來給香港的朋友，但總不能空手去見他們吧？所以在今晚跟他們吃飯前，就先來這裏買一些台灣零食，如鳳梨酥、豬肉紙等等給他們。」

他們身旁的男孩說：「我本來上個月是要去泰國旅行的，但是有工作未完成，上司不放行，所以去不成了。我不想告訴朋友去不成，不想被他們取笑。這旁邊的一間店是專門賣泰國食品的，一會我要去那裏買些泰國零食、藥品等給他們當手信才行！」

聽了這些話，幾乎令思嘉失笑。就算真的是去日本、台灣或泰國買回來，或是只在這裏買的假手信，又有什麼分別呢？重要的是心意吧！

零食店的旁邊是一間十分有趣的店，門外派宣傳單張的人說：「這是一間社企，是專賣快要到期的物品的。」

她帶思嘉進入店內，向她介紹一些韓國護膚品。這些護膚品都貼上到期的日子，離到期的日子還有兩三個月到半年不等。這些護膚品的價錢都比原價便宜一半或以上，吸引很多人買。除了護膚品，還有藥物、清潔用品、罐頭食品、零食等，全部都是快到期的商品，用便宜的價格買回來，或者是一些大機構送給他們，賣到的收入讓這家店可以繼續營運下去，且可以推廣環保意識——不要隨便將快到期的用品丟掉，物品在到期之前還是可以用的。

店員打開一些護膚品的樣品給思嘉看，說：「你看這些護膚品雖然使用限期只有兩三個月，但是品質良好，還可以用，對皮膚也不會有壞影響。如果因為快到期就丟掉，那是太浪費了！」她將一些護手霜抹到思嘉手上讓她試用。

這時思嘉心想，其實重要的不是商品的包裝，不是它還有多久限期，而是商品的內涵、它的本質吧！

可是，人們看的都不是本質，看的都是包裝、宣傳，或者是品牌給他們的虛榮心；

或者是朋友互相傳誦的品牌，買到產品了就可以滿足虛榮心。物件的外在包裝與內在品質；在別人眼中看到的，還是讓自己心裏感受到的，到底是哪樣才最重要呢？

想着，想着，她漸漸明白到自己來駱駝漆大廈，尋找的不是這裏的圖則，不是這工業大廈的單位或者如何找到出口、如何逃得出去，而是她在這裏的回憶。在這棟大廈裏曾經發生的一些事、曾經遇到的一些人、曾經讓她刻骨銘心的事情……

事情的外在、內在有什麼分別？別人怎樣看？自己怎樣感受？想做的事情是由心出發還是想討好別人？到底自己心中認為真正重要的、難以割捨的、最想掌握住的是什麼？她明白了自己來到這裏，其實是想追尋這些答案，自己近來時常做這樣的夢，其實也是想追尋這一切的答案吧？

那天，思嘉離開駱駝漆大廈的時候，回頭一看，看到大廈前面那個駱駝標誌。

那個晚上，她做了一個夢。夢中，她變成了一隻駱駝，在沙漠中奔馳，面對着無盡的黃沙，無論她怎樣跑、怎樣尋找，也找不到水源，弄到筋疲力盡，也跑不出這個沙漠……

第三章　飄雪影室

思嘉在大學修讀新聞系，之後在一家傳媒機構當記者，主要負責法庭新聞報道。其後這家傳媒機構倒閉了，她和一眾同事加入了失業大軍。在這時候，大家都很難找到工作，迫不得已要轉行了。

有些舊同事找到中學的教學助理工作，不是整個星期不停影印資料，就是搞活動時搬搬抬抬，有一些人做的完全是正式教師的工作，但是薪資卻只有正式教師的五分之一。也有些舊同事去了社福機構、非牟利慈善團體做一些公關、傳媒聯絡或機構內刊物編輯等工作。

思嘉比較幸運，她的舊上司艾米介紹了她到一間藝人的經理人公司當公關媒體的小編，收入跟從前當記者差不多。除了在公司的網頁和臉書、Instagram 等做小編及公關工作之外，還要經常做跑腿的工作。公司的藝人去拍廣告、拍宣傳照、出席活動及表演時，她就要去拍些照片，寫些花絮來做宣傳。

思嘉感到追隨藝人寫花絮的工作，比從前當記者追訪新聞更辛苦，因為有些脾氣壞的藝人會把他們當成助理一般呼呼喝喝，還要他們跑腿買外賣，甚至叫她到自己家裏餵貓餵狗。這些藝人當中，以今天她遇上的朱瑾脾氣最壞、態度最差了。

※　※　※　※　※

小茶几上的 Godiva 巧克力，快要被窗外的猛烈陽光溶掉了。

朱瑾將正立方體的巧克力放進小口中，嬌嗔着說：「我說過的，要純白色，有下雪感覺的那種，為什麼你這麼蠢！」

朱瑾經理人公司的臉書小編思嘉低着頭，只道：「白色的早賣完了。」

「死蠢！」巧克力在口中溶化，朱瑾吐出這兩個字。

攝影師方弦拿着相機在旁邊等着，臉上已寫上不耐煩。整個攝影廠的人，在等着這位女星一口接一口地吃巧克力。

方弦看看，影室還有個半小時就要輪到下一組同事拍攝古董錶，即將要交場了，但這難纏的女星……唉……

朱瑾剛想把第五粒巧克力放進口中，她那帶點娘娘腔的助手阿輝阻止她說：

「小姐，你已吃了一百二十個卡路里，已超過了你今天的分量，請你停止！」

朱瑾撒嬌地將那已放到嘴邊的巧克力丟進煙灰碟上，嘟起了小咀。

方弦開始催促：「可以再來了！你已經休息了二十分鐘。」

朱瑾瞟一眼這位六呎高有濃濃男人味五官的年青攝影師，心想：這麼俊俏的男人，怎麼不懂憐香惜玉？

她就是不忿這個男人沒對她有非分之想，才故意拖慢拍攝進度，要讓他來哄她。

化妝師趨前來替她補妝，在她吃巧克力時弄花了的嘴唇上，再塗上一層厚厚的唇彩。

塗唇彩時，朱瑾又偷眼瞟着方弦，他竟沒看過來！

攝影師和助手再擺好了燈光，助手把測光機放到朱瑾的臉孔前測光。

朱瑾飛快脫掉了身上的深紅色毛衣，只穿了緊身小背心，把身軀傾向前擺pose。

「朱小姐，這是聖誕廣告專輯，不是夏日廣告，請你穿回那紅衣好嗎？」方弦迫不得已好言相勸。

「怎麼？聖誕節不可以穿牛仔褲、小背心嗎？你叫那些小編輯改成『熱力迫人的聖誕節』不就行了嗎？許多雜誌叫我穿小背心展示身材我也不肯，你告訴你們的總編，這趟我給足臉了！不不……你要告訴你們的總編，我是賞臉給你這位攝影師的。如果這輯相片拍得我漂亮，說不定我可以把你包起，讓你成為我的御用攝影師！」

方弦把拿着照相機的手垂下，他實在拿這位女星沒轍。

阿輝走過去拍拍方弦的膊頭說：「你就將就將就吧！朱瑾真是給你十足面了的了，她對別的攝影師呀，不是呼呼喝喝，就是向老總投訴要換掉他們，她對你……真是賞臉的啦！你將就點拍了吧！對你的老總來說，說不定是意外驚喜喔！」

方弦無奈，只得叫助手開始。

朱瑾故意讓小背心的吊帶掉下來，又三番四次把身俯前。

思嘉在旁邊看得心驚肉跳，三番四次的向朱瑾示意：「小瑾，你的吊帶呀！」

最後，她忍不住，叫了起來：「小瑾，要走光了呀！小心，攝影師們專拍攝女星的走光相片的。」

方弦聽見，停下工作，瞟了這女孩子一眼，這個初出茅廬的臉書小編，真不懂這個娛樂圈的事兒，她以為這是好言相勸，卻不知道會惹惱了朱瑾，待會兒被她向上司投訴也說不定。

思嘉連續叫了幾次，朱瑾已滿臉不耐煩，正想開口罵她，方弦卻為她解圍：

「朱小姐，你還是穿回外衣吧！穿小背心的 pose 已拍得七七八八。」

朱瑾狠狠的瞪了思嘉一眼，勉強地穿回外衣，卻故意不扣上胸前的幾顆鈕扣。

思嘉看見方弦攀上高處拍攝，又緊張得叫了起來：「小瑾小心啊！身體可以往後一點，攝影師攀高了，不知道有什麼企圖……」

如此叫了兩聲，朱瑾憤怒的站起身來，衝前對思嘉狠狠的嚷：「小瑾這名字是你有資格叫的嗎？你是誰的下屬？敢在這裏大呼小叫！浪費了我的寶貴時間，你一個月的薪水也賠不了！我今天非要教訓你這蠢貨不可！」

說時，她揮動右手，想給思嘉送上兩記耳光，幸好方弦在看見朱瑾有所動作時，立即從高處跳下來，用身軀擋開了思嘉，思嘉才沒吃正那兩記耳光。

「這位小姐，你先到外面坐坐吧！」方弦輕聲勸說。他叫助手把驚呆了的思嘉帶出去。

思嘉一個人坐在影室外面的沙發上，有點不知所措，是自己做錯了什麼嗎？

直至影室橙色的大燈滅了，思嘉立即站了起來，阿輝和朱瑾率先出來，阿輝說：

「總算拍完了，思嘉你剛才是坐我們保母車來的吧？現在送你出去吧！」

朱瑾瞟思嘉一眼，叫道：「不，我們的保母車太擠了，我要在後面睡一覺，坐不了這麼多人！」

阿輝對思嘉道：「不好意思，你坐這裏的公司車出去吧！」

說完他們沒理思嘉的反應，逕自走了。

思嘉感到被人遺棄在將軍澳這個荒島上，方弦和助手收拾好相機、反光傘等出來，他們看見思嘉。方弦看看手錶，道：「這裏的廠車，還有半小時才開出，先到我們的canteen 喝點什麼吧！」

無奈的思嘉跟着方弦乘電梯到五樓的 canteen 坐下來，思嘉輕聲對方弦說：「剛才，謝謝你……」

方弦笑了笑說：「不用客氣，只要你不要以為我是專拍女星走光照的變態攝影師就好了。」

「你要喝什麼？」他問。

「奶茶吧！」思嘉說。

方弦向夥計嚷叫：「一杯奶茶，一杯茶走。」

「茶走？」思嘉瞪大眼睛問。

方弦覺得這個什麼也不懂的女孩很有趣，逗她說：「茶走，就是奶茶走糖啊！我要減肥，所以走糖。」

「你……減肥？」思嘉看着眼前這個身形高大、體格很好，卻又不至於肌肉型的攝影師，好生疑惑。

奶茶來了，方弦攪拌着杯底的煉奶，才說真話：「茶走其實是奶茶走糖，加進煉奶。奶茶加煉奶不加花奶和沙糖，是比較幼滑的。」

思嘉看着方弦攪拌的奶茶，忽然覺得這個男人令人很有安全感，他不會騙人，始終會向人說真話，而且，他會保護人，剛才，他不是保護過自己嗎？

「你試試看吧！真是比普通奶茶更幼滑的！」

方弦將茶杯移到思嘉前面，思嘉嚐了一口，忍不住嚐第二口，真有不同的幼滑滋味。她默記着「茶走」這名詞。

「還要嗎？」方弦問。

思嘉搖頭，方弦把奶茶挪回自己的一邊，拿起茶杯來喝。

思嘉看見他的嘴唇落在剛才自己喝奶茶時嘴唇碰觸的位置，又想起他在喝自己喝過的奶茶，臉紅起來。

方弦看着臉紅紅的思嘉，突然有了主意。

「你們的廣告公司本來不是想讓這輯聖誕廣告表現得溫暖純真的嗎？你認為剛才朱瑾拍的一輯會適合嗎？我現在想，不如由你來拍！」

「我……我來拍？」思嘉顫着聲說。

「對啊！你對我的攝影技術有信心吧！也該對我們負責化妝的同事有信心啊！來，我擔保必定拍出令你的上司和我們老總也滿意的聖誕廣告特輯！」

方弦沒等思嘉答應，就拉起她的手走向電梯大堂。

在化妝室裏，思嘉的心跳得七上八落，雖然有點不願意，但方弦說的話好像有點令人難以拒絕的魔力，她似乎只有乖乖就範的份兒。

為她化妝的女孩對她說：「別那麼緊張，反正就算我們的雜誌不用你的一輯相，你也可以拿來留念呀！有什麼損失？方弦不是隨便肯替人拍照的啊！他在外邊做freelance為人拍一輯相也要收一兩萬哩！」

化妝師沒有為思嘉化很濃的妝，只是用遮瑕膏掩蓋了她為廣告連夜度橋引來的黑眼圈、大眼袋，在面頰加上了粉紅色的腮紅，還在唇上擦了點亮亮的唇彩。

當思嘉從化妝室進入影室時，站在三腳架相機後的方弦，透過相機觀景器看見她，整個人也呆了。

思嘉不是一個特別美麗的女孩子，令方弦呆掉的，不是驚艷，而是透過觀景器那小孔，傳來的心悸感覺。

方弦挪開相機，直接凝視思嘉，想不到那種悸動的感覺更深。

思嘉向他這邊看來，也同時間因着他的凝視，感受到那份悸動的感覺。兩個人就呆立着，享受這份寧謐中的悸動情懷。

直至助手拍他的肩膊，方弦才回過神來。

不用擺太多pose，不用使用太多燈光、技巧，方弦花了不足一小時，就為思嘉拍完這輯相片。之所以拍得這麼快，方弦說是因為有感覺。

他知道，是思嘉為他帶來攝影的靈感。

※　※　※　※　※

不出方弦所料，思嘉的上司和方弦的老總，同時選了思嘉的那一輯相片。廣告公司的同事都取笑思嘉，說她快成為廣告界的明日之星！

思嘉看着雜誌中的自己，方弦把她拍得清新可人，而環境也襯托得溫馨，很有聖誕氣氛。

思嘉注意到的卻是相片中的感覺，必定是對相中人很有感覺的攝影師，才能拍出這麼有感覺的相片；相對地，必定是對攝影師很有感覺的相中人，才可表現出這麼投入、沉醉的神態。

思嘉在相片中自己的眼瞳內，看到方弦的樣子，她眼中有他，他眼中也有她，思嘉怔怔的、紅着臉的在想：這是一種怎樣的感覺呢？

突如其來的電話鈴聲驚醒了她，她拿起電話，電話裏的人是方弦。

「怎樣？對相片的效果還滿意吧！」是他充滿自信的聲音。

聽到他的聲音，思嘉心跳得厲害，一時竟說不出話來。

得不到回答，方弦腦海中出現思嘉紅着臉、羞答答的樣子。

「我選了幾張比較好的出來，為你放了大相，裱了起來送給你，我拿給你好嗎？」

「不好意思，要你親自送來。」

「不要緊的。」

「那你什麼時候來？」

「現在就來！」

「現在就來嗎？」

「現在不好嗎？」

「好……」

思嘉掛上線，唇上掛着甜甜的笑，心裏想：現在就來吧！我掛念你，想見你！

那邊的方弦掛上線，急不及待已拿起風衣和相片，飛身跳上電單車，飛馳而去。

他心中也想着：我馬上來了，我掛念你，想見你！

※　※　※　※　※

思嘉看着燒烤叉上的香腸，已烤得差不多，香腸的皮都烤焦了、裂開來了。

她把香腸放到紙碟上，這已是她這個晚上吃的第四條香腸了。

其實她並不喜歡燒烤，更何況，身邊的都不是自己的朋友，而是方弦的同事。但是，方弦卻沒來。

「方弦還沒來嗎？」坐在她身邊的人問。

「他該還在影室拍照吧！」思嘉回答。

旁邊的人七嘴八舌起來……

「現在在影室裏的是模特兒雪兒。」

「方弦這趟真走運了，雪兒皮膚白，身材又好！」

「嘩！這要看看方弦是否有福消受了！」

坐在思嘉身邊的女子，看見她煞白了的臉，忙為她解圍：

「你們別嚇唬她嘛！方弦才不是這種人！」

經她這樣一說，這班攝影師大男孩更是起哄！

「這就難說了，方弦不是男人嗎？幹我們雜誌攝影師這一行啊，真是少一點定力也不行的！」

「對啊對啊！那些美麗不可方物的女星、模特兒在鏡頭前含情脈脈地看着你時，就叫人不能自持了，我們都是男人來的……」

「就是嘛！當那個當紅模特兒雪兒來到我們雜誌社時，我們組哪一個攝影師不搶着跟她拍照，她還是拍內衣廣告的哩！」

「那趟方弦有去爭着拍照嗎？」有人問。

「……那……那就不方便說了……」

另一個人說：「方弦哪用去爭？該是女星們爭着找他拍才對，不瞞你們說，就連那三個男孩的樂隊組合來拍照，盛傳是 gay 的那一個，也對方弦目不轉晴，更何況是女星、名模！」

「你們別再嚇思嘉好不好！」思嘉身邊的女子阻止他們說下去。

這時候，思嘉的手提電話響起來。

掛線時，身邊的女子問：「是方弦嗎？」

思嘉無奈地說：「他說那女星很麻煩，到現在還未拍到一半，不能來了。」

這話一出，身邊立即響起尖叫聲。

「哇！拍到十一時還未拍完，不會要送她回家吧？」

「還會有下文嗎？」

「對啊！我來之前聽方弦的助手說，那女星對方弦說話是嗲聲嗲氣的……」

那一晚，思嘉沒心情吃下去，也不想再聽那班大男孩起哄。

在方弦打電話來說不能來的十五分鐘後，她就獨個兒回家了。

因為昨夜留在公司趕工，思嘉和其他同事一樣，在沙發上睡了一、兩個小時，九時醒來又要開工了。

一位同事到樓下為他們買來早餐和雜誌。同事扔來一本雜誌給思嘉，思嘉喝完一口茶，深深吸一口氣，戰戰兢兢地翻開雜誌。

一頁一頁翻下去，她沒留心每一頁的內容，卻是留心每頁頂端攝影師的名字。

翻到〈今週女郎〉那一頁，是性感女星欣欣的性感相片……幸虧，攝影師不是方弦，思嘉舒了一口氣。

思嘉把週刊由頭翻到尾，也沒有看到方弦的名字，心感幸運。

自跟方弦一起以來，思嘉每次翻開《新週刊》，也會戰戰兢兢的，她害怕，有那麼一頁，是美艷女星含情脈脈凝望鏡頭的相片。

她知道自從方弦和自己一起之後，為免令她擔心、吃醋，會儘量安排助手去為女星拍照，思嘉明白他對自己好，卻因着缺少自信，總仍是擔心的。

工作場所中圍繞着方弦的，全是明星、名模，甚至雜誌社裏面的女編輯、記者，也都是年青而注重打扮的，這怎不叫思嘉擔心？

她不是沒見過女孩對他虎視眈眈的模樣。他是各種條件都那麼好的男孩，而自己，只是一個普通女孩子。

同事看見她想得出神，推了推她：「你的午餐肉煎蛋要涼掉了！」

另一位同事說：「你的方弦近來很紅哩！」

思嘉聽了，不解的看着他。

「你不知道嗎？女星宋彩兒要包起他！」

宋彩兒，那個在當紅時退隱，自己創業做化妝品生意的女星？

「你別說得那麼難聽好不好？是方弦為宋彩兒拍過一輯相，宋彩兒很欣賞他，所以包薪一個月，讓他為自己拍寫真集而已！」

「寫真集？」

「思嘉你別擔心，宋彩兒可是很正經的女星，她出身好，還有要好的男友，她拍的寫真，一點也不暴露的，只是想拍些高格調相片，宣傳自己的化妝品牌而已。」

「聽說宋彩兒出到十萬元一個月哩！但方弦還沒應承，不是因為要得到你恩准吧？」

思嘉聽了，變得憂心忡忡，宋彩兒不同於一般的女星，她是有教養、正經的女星，為她做過訪問、拍過照的記者，都對她讚口不絕。

方弦要和她一起到希臘一個月，一個月的朝夕相對，怎不叫人擔憂？

思嘉還在娛樂新聞上看到過，宋彩兒跟她的富三代男友，最近被傳鬧分手呷！

聽到這個消息，思嘉整天沒心機工作，又不能找方弦來要他向自己交代。

這個晚上方弦卻是主動找她。

方弦來接她下班，她坐在方弦的電單車上，風馳電掣到西貢的蘇珊娜餐廳吃晚飯。

飯後，兩人在西貢海旁手牽手散步。

「思嘉，我下星期要到希臘一個月……」方弦欲言又止。

「怎麼之前沒聽你說過？」思嘉問，儘量掩飾自己的緊張心情。

「我考慮了很久，因為知道你會擔心，會不喜歡，本是想推掉的，但做一個月便可以賺十萬元，宋彩兒還說服雜誌社那邊肯放人……我不是說自己想開一間影室嗎？這除了是我的夢想，更因為不再讓你擔心，工作時間可以穩定一些，可多點時間陪你。如果有了這十萬元，影室很快就可以開了。」

方弦把思嘉拉近自己，拉着她的手，兩人看着對面的海岸，與天上的星光。

「為了開這間影室，我已經不斷接工作，甚至連商品硬照、婚紗照、婚禮錄影我都幹，為的，只是將來可以拒絕不想拍的，只投入拍攝自己想拍的，你明白嗎？」

思嘉轉過身來，把頭埋進他的懷裏，她明白，她明白他這幾個月以來的努力與辛苦。

「我也明白這份工作給你很大壓力，你這傻瓜，不是時常害怕我跟別的女孩子跑了嗎？開了影室，你來做老闆娘，就可以整天看着我有沒有胡來了！在自己的影室裏，我應承你只為人拍全家福、婚紗照好嗎？」

思嘉抬頭看着他，又低頭輕聲說：「這樣太委屈了你，你喜歡拍什麼便拍什麼吧！其實，我已經努力叫自己別擔心的了，但是……也許……是我太自卑吧！」

方弦用兩手抬起思嘉的臉，正視着她說：「就因為我見得太多女星，已練成百毒不侵，不受任何引誘了，你才該放心。你以為我真的喜歡為女星拍照的嗎？其實，我喜歡拍大澳、鯉魚門的風景，與及老人家、小孩子多點。」

思嘉是相信他的，只是忍不住會擔心。

「只是一個月就回來了，我保證自己規規矩矩，好嗎？」

他只是去工作，卻要他這樣為自己保證，思嘉感到內疚。

方弦吻她的額，喃喃地說：「十日很快過的，二十日也轉眼會過去，然後，第三十日，我就回來了，記着這種感覺，我回來之後，為你印證，我一點兒沒變。」

※　※　※　※　※

那三十日，思嘉也不知是怎樣過的，有關宋彩兒的新聞，不斷從希臘傳回香港。有人說見過她和方弦在酒吧喝酒，甚至有人說，他們在希臘的酒店只訂了一間房間……

某些雜誌更搶先發表宋彩兒在希臘拍的幾張相片，蓋上淺紅色頭紗的宋彩兒容光煥發，眉目含情，散發着不凡的女性魅力。

那些日子真不知是怎樣捱過去的。

這天，思嘉在茶餐廳裏，拿着同事借給她的宋彩兒寫真集，心情七上八落，她擔心，看過全部相片以後，心情會變得七零八落，零零落落。

翻開相集，思嘉屏息觀看，第四頁，是宋彩兒的大頭相片，那些眉梢眼角，都滿了情意。

思嘉幾乎可以從她眼中的瞳人裏，看到方弦專注的眼神。

思嘉嫉妒她的淺笑、她的凝眸；也嫉妒方弦把她拍得如此優雅脱俗。

她有一種感覺：如果拍照的人對被拍的人沒有感覺，是拍不出這種相片來的。

她幾乎可以從宋彩兒的眼中看到愛慕。

也許，那照相機的一端，同樣有一雙傾慕的眼睛。

合上寫真集，思嘉有哭的衝動。

端起杯，呷了一口「茶走」，放下時，思嘉不自覺地往杯內加了一匙又一匙的白糖。

也許，她還未習慣「茶走」的滋味，那種攝影師們愛喝的滋味。

※ ※ ※ ※ ※

方弦從希臘回來後，並沒有說起宋彩兒的事，也沒有對思嘉交代半句。

令思嘉釋懷的是，他已經着手籌備影室了。

思嘉陪他到尖沙咀加連威老道、北京道、銅鑼灣、灣仔等地方看舖，方弦的目標是七、八百呎的樓上舖，他說地舖太貴了，他租不起，而且樓上舖更易營造風格。

後來，朋友介紹一個地產代理帶方弦去看位於觀塘駱駝漆工業大廈，一個面積七百多呎的單位。地產代理說以前這裏是只有很多廠房、辦公室的工業大廈，現在這裏的租客有轉用來做 band 房的、排戲、排舞的，更有出版社、陳列室兼銷售點，連用來住的劏房也有。

「你在這裏來做影室就最適合了！這裏面有洗手間、有陽台，還有比這裏更適合的嗎？」不出地產代理所料，方弦一看就喜歡。

他帶思嘉去看時，剛巧碰到隔鄰單位的業主。

「將兩個單位打通了不更好嗎？兩個單位合共千四呎，做影室最好不過了，這才有發展空間啊！」地產代理說。

方弦被帶到隔壁的單位看，看到他閃亮的眼神，思嘉知道他想把兩個單位一併租下來，七百呎的地方其實是不夠用的。

方弦不捨地離開了單位，他對地產代理說要考慮一下。

「這一來，租金及按金要加倍，裝修費和流動資金也要增加了，要花八萬到十萬元才行。」方弦這樣說。

「但如果我們不要，其中一個業主若把單位租了出去，我們要再找到這樣適合的相連單位就難了。」思嘉這樣分析。

她知道方弦很希望在這裏開他的影室，只是擔心錢不夠。

第二天，思嘉一個早上就打了十幾個電話給朋友，看看有沒有外快可賺，她累積了兩星期多的大假，可以去做一些 freelance 工作，只要有工作，就算回內地也願意。

坐在旁邊的同事艾美聽到她講電話，關心地問她：「思嘉，很需要錢用嗎？」

「嗯，」思嘉點頭，「你有沒有 freelance job 介紹？」

艾美想了想說：「這年頭，有的只是些三幾千塊的散工。」

「有幾萬塊或者以上的嗎？」思嘉問。

艾美吃驚地看着她，在這年頭，她這想法簡直是妙想天開！

「幫幫忙吧！你人面廣認識的人多啊！多辛苦我也可以的，甚至要回內地，去西北大開發區我也願意，我真的急等錢用啊！」

艾美再苦思幾分鐘，才緩緩地說：「有不是沒有，但……可真是要北上的，而且……」

「而且什麼？」思嘉追問。

「而且……是王總……」艾美吞吞吐吐地。

王總？那個廣告界的高層淫魔？他剛在一個大機構被女下屬控告他性騷擾，入了罪被判罰了十萬元，但轉過頭來，卻又有一個更大的機構聘用他，令他更上一層樓，這令廣告界中的女孩恨得咬牙切齒。

「王總這個人，全個廣告界哪一個沒被他性騷擾過？他公司裏的女同事，全都遭過他的毒手，現在是生人勿近，再沒有女職員肯跟他公幹，偏偏『北大人』看得起他，請他北上吃大茶飯，如今他正招兵買馬，到上海兩個星期，做一種中藥補品的廣告推廣，開價六萬，不問資歷，還先付一半上期……」艾美娓娓道來。

六萬？先付一半上期？那個人是王總！

「說不定出的六萬元，有一半是『肉金』，而且，他在行內名聲這麼壞，跟他去過上海，就算沒給他碰過半條頭髮，回到香港也會被行內人蜚短流長呀！」

思嘉思考了一陣，下定決心對艾美說：「請你為我搭路，我去，但他一定要先付三萬塊！」

「思嘉，真的那麼急於用錢嗎？」艾美一臉不忍心地看着思嘉，彷彿她快要掉進火坑一樣。

思嘉卻是一副矢志不渝的樣子。

※　※　※　※　※

思嘉只告訴方弦是跟公司裏的人去公幹，兩個星期就回來，臨走前還交給方弦一張三萬元的支票。

「快點把那個相連單位租下來吧！我從上海回來的時候，影室該開始裝修了。」思嘉說。

「哪來的錢？」方弦問。

「是公司為了獎勵我們，預先給我們這一次工作的上期人工。」

「原來廣告界流行這一套的麼？比我們做攝影這一行的更講信用啊！」方弦羨慕地說。

思嘉低頭不語。

方弦溫柔地擁抱着她，對她說：「這兩個星期辛苦你了，我知道你是為了我要付影室的按金而去的。」

思嘉搖頭，說：「只去兩星期，不比你去希臘一個月辛苦。」

方弦把她擁得更緊，說：「我一定找朋友來全速裝修，說不定你回來時，已經裝修好，可以給你一個驚喜了！」

「不……這是你的夢想，要慢慢來做到最好、最完美，而且要趕工的話，一定要多付點錢的，千萬不要這樣，我寧願你等我回來，由我來幫你髹油漆也是好的。」思嘉緊張得急道。

「對啊！那是你和我的心血，一定要等你回來，一起設計、一起構思的……」

※ ※ ※ ※ ※

在南方航空的機艙上，王總把大半個身子挨到思嘉身上，他想不到，在廣告界裏，還有一個這般年輕貌美，又有工作能力的女孩，肯跟他到上海。

他為思嘉講解這次工作詳情時，已三番四次借機碰她的手，思嘉暗忖：這才是第一天，這十四日非人生活將怎樣度過！

幸好到上海之後，工作就很忙，而且上海那邊有幾個風騷厲害的女人，圍着王總團團轉，他除了死性不改地總愛把手放在思嘉肩膊上，或放到她背上掃來掃去之外，也沒有什麼異動。

思嘉也充分顯示出她的工作能力，對他一點不假辭色，她要讓他知道，她收的那六萬元，全都是靠能力而不是靠色相換來的。

馬不停蹄地工作了十天，思嘉以為可以全身而退，但因為她的工作能力太高，工作提早完成了，國內的接待人員要招待他們到杭州玩，順道慶功。

思嘉當然大力反對，但王總附在她耳邊，無賴地說：「程小姐，你那超高的工作表現，頂多值四萬元而已，以國內的工資水平，在這裏可以用四分一價錢請到三個博士畢業生……餘下去杭州遊山玩水，也是你的工作一部分。別怪我教訓你，來國內公幹，搞關係就是最主要的工作，你不賞臉去玩玩，觸怒了這裏的經理大爺們，你還未收到的三萬元一定收不了。」

思嘉本想拒絕，但想到如果方弦開張後生意不好，這三萬元十分重要。

王總在筵席上，藉故說是要褒獎思嘉的功勞，拉着她的手到處去敬酒。

思嘉被灌了幾口白蘭地，王總又借故挨到她身上。

思嘉知道自己已有點醉，趁還有點神志清醒，她懇求坐在她附近的女孩子，一定要親自送她回酒店，別讓王總送她，如果女孩完成使命，她會給她三千元。

那一夜，思嘉在牀上做惡夢。夢中王總和方弦交替着出現，思嘉只知道自己在夢中掙扎着大聲呼叫。

醒來時，她發覺自己全身被汗水濕透了，上海女孩原來整晚睡在她房間的沙發上，看見思嘉醒來，馬上向她要錢，思嘉付了她三千五百塊，多出來的五百塊，算是酬謝她陪了她一個晚上。

思嘉看看窗外的青天思忖，還有今天這最後一天要捱過。

因為這是最後一天了，這一天的節目格外豐富，思嘉這晚堅持不喝酒，為了避免被人罵不賞臉，她寧願唱幾首歌來助慶。

之後，她乘計程車直趨虹橋機場，寧願在機場的長凳上坐一夜，待乘明早的班機，也不願回酒店。

※　※　※　※　※

一千四百呎的地方，鋪上了啡紅色的粗石地磚，長方型室內的四幅牆，各髹上不同的顏色。近露台邊的壁爐最像真，真的有幾截樹幹在裏面，方弦說，它真的可以用來生火的。

還有正中央那盞有一千六百顆小水晶的水晶燈，是思嘉夢寐以求想擁有的。

方弦刻意把影室粉飾成有點像家的感覺，他說顧客來到會舒適自在，擺pose也會更加從容。

影室的名字叫Snowy Studio，中文是「飄雪影室」，方弦說那一次去芬蘭為旅遊雜誌取景，那種冰天雪地令他難忘，因此，他把露台裝置成雪景，那落地玻璃窗也附着霜雪。

思嘉說這個雪景跟與方弦初見面，為她拍聖誕廣告特輯的那個差不多，這是為了記念那一趟的初遇嗎？方弦笑而不答。

影室中一堵連綿三十呎寬的牆壁上，掛滿了方弦這二十六年來的得意傑作，這些年來的得獎作品，還有他八歲時父親送給他的小相機，他為父親拍的第一幅照片也掛在上面。

他多年來搜集的古董相機，合共百多萬元的攝影器材等，則放在小儲物室中。

方弦說他一生最寶貴的也放在這裏了。

思嘉負責佈置的，是近門口的一個接待客人的地方，只放了兩張小沙發，一個茶几，還有一盞小座地燈，這是她的傑作，把這小休息間裝飾成家庭的小客廳一樣，使人坐得舒服，賓至如歸。

方弦和思嘉今天忙得要命，還有方弦的家人、他的好朋友、同事也來了幫手，因為，今天是飄雪影室開張酒會的日子。

一切也差不多了，思嘉讓忙得滿頭大汗的方弦坐到沙發上，遞給他一杯茶。

「叮噹！」門鈴響起來。

距離酒會還有一個小時啊！哪一位來賓來得這麼早？還是，已經有顧客自己摸上來了？不會呀！樓下大招牌上蓋着的紅紙還未揭開。

「送東西來的！」來人說。

送東西來？不是一切都準備好了？

「大概是花籃吧！」方弦起身開門。

「是送古董吊扇來的，安裝在哪兒？」來人問。

「古董吊扇？我們沒買呀！」思嘉說。

「是宋彩兒小姐送來的！」

方弦帶他們進裏面，在大水晶燈八呎之遙處向上一指，說：「裝在這裏吧！」

思嘉往上一望，她一直奇怪，為什麼這處的天花板上面什麼也沒有，原來是留待安裝這一把吊扇的嗎？

來人拿出吊扇來，鑽牆，裝燈。

思嘉看着這一把有連着四個小水晶燈罩的古董吊扇，它必定價值不菲，跟旁邊的水晶燈是那麼配合，甚至可能同是意大利某一間廠的出品。

它跟這影室的佈置出奇配合，會是自己不在時，宋彩兒上來看過嗎？還是，是方弦和她一起去選購的？無論如何，必定不是宋彩兒和方弦品味相同、心靈相通吧？思嘉滿腹狐疑。

這把古董吊扇，大概要花四、五萬吧？跟自己捨命陪王總到上海賺來的差不多，思嘉想到這裏，有點黯然。

之後，門鈴不斷響起來，都是送來花籃的，花籃放滿了門口和樓梯的位置。

很快，酒會開始了，方弦的前輩、好友也到來祝賀，方弦拉着思嘉的手去一一為她介紹。

當思嘉喝下第一口雞尾酒的時候，她擔心的事情發生了。

大門打開，站近門口的攝影師哄動起來，鎂光燈閃個不停。

方弦也像知道誰來了般，連忙到門口迎接。

宋彩兒穿上米白色的連身裙，該是名牌子吧！她只薄施脂粉，在場的人都說她的真人比上鏡更漂亮。還有人讚她沒有一般娛樂圈中女孩子的庸俗，她是高貴而有內涵的。

方弦為宋彩兒介紹自己的父母、前上司，來到思嘉面前，他也大方地為兩人介紹。只是思嘉留意到，不像以前的介紹，方弦在介紹思嘉時，沒加上「我的女朋友」五個字。

宋彩兒只在影室逗留了二十分鐘，卻贏盡了在場各人的讚賞、艷羨。

有人說：「方弦認識到宋彩兒，真有幸，宋彩兒在這一行的人面很廣哩！該可為方弦帶來很多生意。」

也有人說：「宋彩兒真夠朋友、真親民，竟肯賞臉來這一個小影室的開幕酒會。」

更有人說：「宋彩兒和方弦無論高度、樣貌、氣質也很合襯，如果方弦加把勁在事業上努力，兩人走在一起，不是沒可能。」

思嘉為此一直耿耿於懷，鬱鬱寡歡。

酒會到深夜十二時才完畢，賓客都走了，方弦的家人幫忙執拾了一會兒，也都走了，剩下思嘉在為方弦清潔地方。

方弦放置好門口和梯間的花籃之後，看見思嘉還在清洗剛才酒會用的杯子。

他走過去也拿起杯子來洗，關切地問：「你今天有什麼不妥？」

思嘉沒抬頭看他，只看着杯子說：「沒有，只是很累。」

「很累就不要再洗了，你明天還要上班，留給我明天洗吧，反正明天第一天開業該未有客人。」

方弦牽起思嘉的手，把她拉到外面，在壁爐旁邊坐下來。

「你累了便早點回家吧！」方弦說。

思嘉搖頭。

「那麼今晚就留在這裏吧！不用趕回家，而明天又趕上班。」方弦柔聲說。

思嘉點頭。

方弦為她斟來了一杯水，思嘉聽見 Hi Fi 響起 Beatles 的 *In My Life*。

There are places I'll remember
All my life, though some have changed
Some forever, not for better
Some have gone and some remain

All these places had their moments
With lovers and friends I still can recall
Some are dead and some are living
In my life I've loved them all

But of all these friends and lovers
There is no one compares with you
And these memories lose their meaning
When I think of love as something new

Though I know I'll never lose affection
For people and things that went before
I know I'll often stop and think about them
In my life I love you more

Though I know I'll never lose affection
For people and things that went before
I know I'll often stop and think about them
In my life I love you more

In my life I love you more

喝了幾口水，方弦把她拉起來，指着儲物室旁一塊米白色的布幔，說：「你猜這裏面是什麼？」

「不是你的攝影器材嗎？」

方弦拉開布幔，思嘉尖叫起來。

是一個跟 Barbie 公仔屋的紫色化妝間完全一樣的化妝間。

這眼前的一切是真的嗎？這是由她小學五年級開始一直夢寐以求的化妝間，是真的嗎？

「你怎麼知道的？」思嘉看着淺紫浪漫的化妝桌問。

「Barbie 的網頁內，所有喜歡 Barbie 的女孩子，都夢寐以求有一個這樣的紫色化妝間。」

「這一定很貴吧？你花了多少錢？」

「該問我花了多少時間，是我自己造的！」他拿起一張彩色的打印紙說：「我是參照這張從網頁上下載的相片造的，當然，還要加上一點想像和創意。」

「你自己造的？你花了多少時間？我們的女客人來到，發現有這麼漂亮的化妝間，真會樂得飛上半天。」思嘉讚歎。

「不會有客人用，這是屬於你的，只屬於你的，只有你可以用。」方弦認真地說。

「屬於我的？真的？」思嘉不敢相信。

方弦拉她坐下來，「當然了，你為我這個小影室付出了這麼多，而這裏怎麼可以只有我的相片、我的攝影器材？這裏是我們的，而我只能為你預備一個小小的化妝間，真對不起！」

坐着的這張小 cushion 也是紫色的，思嘉感動得差點掉下淚。

思嘉今天只畫了點眉，刷了點淺紅色的胭脂，以及塗了點口紅。

方弦抬起她的臉，用潔膚棉輕輕把她眉上、臉頰上、唇上的化妝品抹掉。這麼單純的女孩子，臉上沒有化妝品才是最漂亮的。

※　※　※　※　※

清晨的陽光從露台射進來，思嘉為方弦買來早餐。

在樓下的超級市場裏，思嘉買了方包和花生醬，她還發現了有一種牙膏狀的煉奶，很有趣。

方弦被濃濃的茶香弄醒，思嘉用花生醬、煉奶各塗了一塊方包，又拿了一塊同時塗上了花生醬和煉奶，讓這三種口味的麵包，給方弦挑選。

茶泡好了，她把茶傾進茶杯，放在小沙發旁的茶几上，還拿出牙膏狀的煉奶，擠出兩個圈的煉奶放進去。

這是她單單為他泡製的「茶走」，是別家所無的，茶裏面，只有屬於他倆的幸福。

思嘉拿着自己的那一杯，站起來走向灑滿陽光的露台，走在古董吊扇下面時，她想：這裏就像是她和方弦婚後的新居，一室裏充滿着溫馨和諧，惟獨是這一把古董吊扇有點破壞氣氛。

方弦梳洗出來，坐在小沙發上，拿起思嘉為他泡的「茶走」，讚口不絕，他把思嘉為他塗的三種味道的方包，全吃進肚子裏。

吃完早餐，他開門送思嘉出門上班，看着晨光熹微下，思嘉長長的影子，方弦感到這一天充滿着愉悅、希望。

※　※　※　※　※

艾美和思嘉下班後，她拉着思嘉到灣仔的皇后大道中逛逛，那邊有很多古典傢俬店。

「我實在沒什麼要買的。」思嘉說。

「這裏不只賣便宜東西的，也有高檔貨品，你看看前面那一家，就賣許多古典高檔裝飾品。你說的那把宋彩兒送給方弦的古典吊扇，說不定是在內地生產的，這裏才賣一二千元。」艾美說。

思嘉知道艾美說得誇張，那把吊扇，明明是意大利牌子的。

思嘉跟艾美步進店子，裏面陳設的貨品真的很高檔，不像國內一般貨色。

「細心找一找吧！」艾美說着，思嘉在路邊發現一把古典座地風扇，忙叫艾美過來看。

「款式很不錯啊！很有點歐洲古典風味哩！」艾美說。

思嘉想起方弦偶爾也會開動宋彩兒送的那把吊扇，用來邊吹風邊拍照，如果買了這把小座地扇，說不定方弦就不會再開動那把吊扇哩！不開動它，就不會記起宋彩兒這個人……

「才二千元，很抵買啊！買回去吹吹吹，把那個什麼宋彩兒都吹走，而且這把風扇一點不像國內出品，你可以告訴你那高品味男朋友說是歐洲貨啊！」

思嘉買了這把座地古董風扇，和艾美辛辛苦苦把它抬到飄雪影室。

「不會是國內出產的吧？電視新聞報道說有些國內出產的電風扇不合乎安全規格，是很危險的。」方弦問。

思嘉搖着頭說：「不是……不會的……」

每當方弦想開動宋彩兒送來的古董吊扇時，思嘉就會衝上前把她買的古董座地風扇開動，方弦也明白她的用意，漸漸地，就沒再開動那把吊扇了。

方弦現在不用再為那些性感女星拍照了，只是間中為 model 拍些造型照，主要的則是為商品拍照，生意也不錯。

※　※　※　※　※

昨天晚上，思嘉做着方弦在影室為她拍照的美夢。翌日清早，電話鈴聲把她吵醒了。

思嘉看看鐘，才清晨五時多。

「思嘉，你快來看看。」是方弦的妹妹，聲音很着急似的。

「發生了什麼事？」思嘉忙問。

「別問了，你快點來哥哥的影室吧！」說完便掛了線。

思嘉連忙梳洗後，乘的士趕往太子，坐在的士裏的她忐忐忑忑，不會是方弦出了事吧？

到了影室下面，思嘉被眼前的景象嚇呆了，水不斷從影室的梯間傾瀉下來，大廈前面用藍白色相間的膠條封了起來，兩個警察在前面站崗。

思嘉回過神來，慌忙衝上前，卻被兩警察擋駕。

「你是這裏的業主或租客嗎？」

「我是這影室的……」思嘉說。

這時，她看見方弦的妹妹下來，對警察說：「她是我們這裏的人，請讓她上來吧！」

走在樓梯上，思嘉忙問：「方弦沒事吧？」

方弦的妹妹搖頭說：「他沒事，哥哥也是昨晚十一時接到警員的電話趕回來的，他說不要吵醒你，所以今早我才打電話告訴你。」

「起火地點是哪裏？」思嘉看見熏黑了的樓梯兩旁，有點擔心。

「是影室的……」

「影室的破壞嚴重嗎？」

沒待回答，思嘉已三步併作兩步的走了上去。

水不斷從七樓的影室湧出來，當思嘉看見裏面只有焦黑一片的景象，差點昏了過去。

方弦的妹妹連忙扶着她。

方弦的媽媽說：「裝修、傢俬、攝影器材、方弦獲獎的相片、底片……全都沒有了……」

方弦的爸爸歎口氣說：「真是禍不單行，方弦買的保險還有半個月才生效，即是說，一毛錢賠償也得不到。」

思嘉走進影室，看見坐在髒水中央的方弦，他頹然地坐在濕了水的沙發上，動也不動，臉上一點表情也沒有。

思嘉正想上前安慰，卻有一個消防員走近，他拿着一個燒焦了的摩打說：「該是這把風扇爆炸引起的，這種國產的風扇，很容易因開久了摩打過熱而着火，早前有關部門也透過新聞發放，勸消費者別買這一種風扇的了。」

思嘉看着這一團焦黑的東西，欲哭無淚。

昨晚方弦出去拍外景照，思嘉獨個兒上來坐了一回，風扇是她開的，一定是她忘了關，風扇開了一夜，就着火了。

思嘉難過得蹲坐在地上，水從她的身邊流過，她感到打從心裏滲出來的寒冷。

透過湧滿淚水的雙眼，她看見方弦還是一動不動的坐在那兒，方弦的表情是冷冽的，跟平時溫柔、熱情的他，是完完全全地不同了。

影室裏的一切，是他的一切，如今，一絲一毫也沒有剩下。

思嘉看着他的臉，看着水邊一個個被浸着的相機，心裏再度滲出前所未有的寒冷，冷得連連打了幾個哆嗦。

影室露台上的雪景已經全然熏黑，整個影室裏面，只有那一個小小的紫色化妝間，還讓人依稀分辨到一點顏色。

這幾天以來，思嘉已記不起向方弦說了多少遍對不起，方弦總是木然的回答：這是意外吧了！

思嘉知道要給他幾天安靜，她找了裝修師傅來看，他們說要收復，最少要花上四、五十萬。

四、五十萬！思嘉聽了茫然，她和方弦再能夠到哪裏去籌四、五十萬？

一天一天，在無聲無息中過去，思嘉瘋了似的接來十多份 freelance job，一星期內不眠不休的工作，到第八天，她病倒了。

八天以來，方弦沒來過一個電話，她也沒打去。聽方弦的妹妹說，哥哥這幾天也是不停的接工作，婚禮攝影、到外面採訪拍攝……他都幹。

思嘉知道，他倆有着一個共同目的，是藉着工作令自己忘記一個星期前發生的事。

思嘉支撐着病軀，乘車到太子的影室，鼓起勇氣，打開門一看，裏面的水漬乾了，一定是方弦找朋友來清理過的。

燒壞了、浸壞了的攝影器材被堆放到一旁，還有一大捆被燒到變了形的菲林底片，唉，連底片都沒有了，思嘉明白，他們的過去，也像一下子給全抹掉了。

四壁的牆全是黑黑的，思嘉回憶起它們從前是鮮黃色、深褐色的……還有，其中一幅上面，掛着的全是過去方弦的得獎作品，還有，他生平第一張為父親拍的照片……

那水晶燈、古董吊扇，都破破落落了，不知是被水還是被火破壞了的，看着這一把吊扇，思嘉黯然，就是為了它……

那一個紫色化妝間，似乎是唯一完好的，方弦似乎抹淨過上面的鏡子和化妝用具，他說過，這裏是屬於思嘉一個人的。

這代表他原諒了她嗎？

看着四堵漆黑的牆，思嘉跑到樓下，買來幾桶白色的漆油，她要讓這個影室重新光亮起來。

她不懂怎樣將焦黑的灰弄掉，只有拚命的抹，然後在上面塗上一層又一層厚厚的漆油。

花了三個小時，才髹好了一堵牆，牆身雖然由黑色轉成白色，卻是凹凸不平的。

思嘉花了三小時，加上有病在身，就倒在鋪了報紙的小沙發上睡了。

當她醒來時，天色已經全黑了，她看見影室的另一端也泛着白光，一個人拿着她剛才用過的油掃，向着黑漆漆的牆不斷髹着。

那是方弦的身影！思嘉看着他搖動昏亂的身影，淚水從眼裏湧出來，是自己令他失去一切的。

她只是靜靜的看着他，直至他累了，拿起一罐啤酒，坐在露台邊喝着。

他回頭看見思嘉在看着自己，但沒有走過來，也沒有跟她說一句話。

這個晚上，兩個傷心的人各自坐在一角，誰也沒有說一句話，因為，兩個人也不知道該向對方説什麼。

※　※　※　※　※

思嘉知道，方弦需要時間去平復心情，一陣子後，待方弦沒事了，會再來找她的。

可是，等了兩個星期，方弦還沒有打電話來，她捺不住主動打去找他，他卻不在，聽說是工作去了，手提電話沒有開。

思嘉開始有點着急了，火災發生後的這一個月以來，她和方弦沒通過一次電話，沒說過一句話，他們之間，發生了什麼事？

她愈發着急了，只好找來熟悉雜誌界的艾美問問。

在咖啡室裏，艾美坐下來便道：「思嘉你瘦得厲害，別再這樣拚命工作吧！你這麼勤力賺來的一點錢，還是不夠修復那間被火燒了的影室的，而且……」

「而且什麼？我想你幫我打聽一下，方弦最近怎樣了？他在接些什麼工作？」思嘉問。

「不用打聽了，方弦他……」

「他什麼？你聽到了什麼？說呀……」思嘉忙追問艾美。

「火災之後，方弦接的第一單工作，就是王總那間公司的……」

王總？思嘉聽到這名字，心裏涼了一截。

「聽到在王總公司裏工作的人說，王總跟方弦說：『你那間影室啊！認真計算起上來，我也是有份的哩！但也不能這樣說，思嘉這般清純，她可也是值這個價的。』」

恍如晴天霹靂，思嘉驚呆了，淚水不停從她的雙眼冒出來，是委屈，是心痛，也是絕望。

她拿起電話，想馬上打給方弦，然而，可以怎樣向他解釋呢？

艾美按着她的手，說：「你不用打給他了，方弦此刻和宋彩兒去了法國，為她拍攝新一輯寫真集。」

思嘉惘然的拿起茶杯，淚水從眼角滴進水杯裏，一滴一滴又一滴，差點令杯子盈滿傷心的淚。

第四章　D2 Place

思嘉要去訪尋的第二幢工業大廈就在荔枝角，但是，她發現這裏已經變了大。昔日的工業大廈，在短短的數年間竟然完全變了樣——一幢舊工業大廈竟然變了一個全新的商場，她驚訝於只是數年間就會有這麼大的變化。在她的夢境中，這棟工業大廈仍然跟以前的一模一樣，然而，在現實生活裏，這裏竟然有了翻天覆地的變化！

從荔枝角地鐵站的 D2 出口走出來不遠，就是這個 D2 Place——一個新式的商場。這裏給她煥然一新的感覺。從前工業大廈旁邊泊滿貨車落貨，常看到赤膊的、人汗淋漓的工人在運貨的景象，現在已完全不見了。現在這裏有很多年青男女和年輕的家庭——年輕的爸爸媽媽推着 BB 車來購物及玩樂。

來到這裏，思嘉的心情竟變得輕鬆了，她微笑着走進商場。她心想如果再做關於這幢工業大廈的夢，也許不再是那麼徬徨、傷感，而是有着微笑的吧？

※　※　※　※　※

D2 Place 就在荔枝角地鐵站 D2 出口附近，據説這個商場叫 D2 也是這個原因。D2 Place ONE 和 D2 Place TWO 位於九龍長沙灣商貿區，兩個商場由同一個發展商分兩期發展，分別是位於原來的工業大廈建業中心（一九七八年落成）及利來中心（一九七九年落成），到二〇一二年更改用途。由工業大廈活化為創意文化產業商場，特設超過三萬平方呎的多用途空間，積極培育創意產業及推動本地文化，吸引了很多具創意的年輕人進駐。

本地文創是 D2 商場的一大賣點，不同於本地一般大商場，逐漸被連鎖店的單一消費模式取代，抹殺了本地特色小舖、傳統手藝及原創事業的生存空間。D2 致力推動文化創意及支持本地小店，以相宜的租金及合作條件，支持年輕人創業及發展本地品牌。商場吸引了一些支持本地文創品牌的人來逛，對於想發展個人品牌，但缺乏資金和知名度的年輕人來説，是一個很好創業機會。

D2 Place ONE 外牆翻新，改成了型格黑色的路線，主要商場的部分有五層。D2

Place TWO 位於長沙灣長順街十五號，就在 D2 Place ONE 的斜對面，樓高十一層，總面積達三萬呎。地下至二樓引入各類型的零售商舖及餐廳。包括 bread n butter、友利冰室 x 勿當奴、台灣人氣親子餐廳「大樹先生的家」等。十至十一樓為韓國大型連鎖電影院品牌 CGV（CJ CGV），共有四個播影廳及四百七十二個座位，並引入韓國最新 4DX 放映技術和全港首個 ScreenX 影廳。

D2 Place 有一個文青商場，推動本地創意設計及製造，每個星期都會舉辦不同主題的週末市集。很多青年人在這邊擺攤，他們的出品都很有品質和獨特設計。每次舉辦文創市集都受本地人歡迎，人流很多，難得 D2 Place 願意把空間以低廉租金租給有創意的本地年輕人。

市集以「小商店·大文化」的理念舉辦，不同手作人、設計師及藝術家都來參加，售賣的物品多是羊毛氈、黏土、針織、刺繡、水晶花、串珠、布藝、手工藝、書籍等等。D2 Place 還提供展覽空間，定期舉辦展覽和工作坊等活動，向公眾推廣本地創意。

思嘉在商場的週末市集裏逛了兩個多小時，買了本土年輕藝術家做的手工藝品、本土設計師設計的明信片、月曆、筆記簿。從 D2 Place 出來，下午的陽光正熾熱，她感到心頭暖暖的。然後，在步往地鐵站 D2 入口的路途上，她回想起在晴天影室裏發生的一切。

第五章　晴天影室

思嘉因為身心都太疲累，早前辭掉了經理人公司的工作之後，經朋友介紹，到了一間社福機構工作，為機構的一本雜誌當記者。她本來在大學就是唸新聞系的，在女星經理人公司的臉書當小編的工作，雖然薪金高一些，但實在不適合她。

思嘉當上這雜誌記者的時候，對這工作很有信心，自己從前在大傳媒機構工作一年多，寫了上百篇的訪問稿，上司對她交的稿件質素十分滿意，沒有什麼批改就採用了。可是在這機構刊物工作，交了兩篇訪問稿，那刊物的顧問看過後便把稿件給回她，她竟發現一半稿子上面都有紅筆批改，指出上面有錯字、錯文法，甚至用錯資料，還在頂部的空白處眉批了幾個大字：「你太看輕這份工作了！」

思嘉看了這些改動，有點不忿，也有點洩氣。她不相信機構刊物的顧問會比從前的大傳媒機構的上司有經驗、有資歷，從前的上司也沒這樣批評過我的稿子，現在交出去的這份稿竟被批評得體無完膚！

上司問她對這些批改有什麼意見，她只道：「只是之前工作的上司要求我們文字要簡練，和這裏的要求有些不同吧！」

她改了又改，再把稿子交上去，交了第三次，那位編輯顧問終於通過了，然後又再在通過了的文稿上眉批寫上：「原來你是可以寫得好的，只是你之前將沒有用心、沒有用慎重的態度寫的初稿交了給我。以後我不要你交第一稿、第二稿給我，我要你交改好了的第三稿！永遠要把自己當成看這文章、批改這文章的最後一個人，對你自己寫的東西負責，用最專業的態度去寫！」

思嘉不明白為什麼這份小小的社福機構刊物竟要她花這麼多時間、氣力去寫，還要修改了三次！後來問清楚上司，才知道這位編輯顧問從前也在大傳媒機構中當高級編輯的，資歷一點也不比她從前的上司低，在這之後，她才想到是不是要檢討一下自己的工作態度。

這一天，她往荔枝角一棟工業大廈的影室，採訪一個專為老人家拍照的攝影師。影室在一棟名叫利來工業大廈的十一樓，門口那個寫着晴天影室的鐵牌，令她想起方弦的飄雪影室，門前也有跟這設計差不多的木牌。

自從影室發生火災之後，思嘉和方弦沒見過面，只通過幾次電話，電話裏面，兩人似乎已無話可說。

聽說方弦也沒有把影室修復，他只是不斷接工作，往外地拍攝，沒多少時間留在香港。

思嘉每次經過駱駝漆大廈，也希望可以遇上方弦，但沒有一次遇上，然後，在許多個晚上反復做着駱駝走不出沙漠的夢。思嘉想，也許她和方弦的緣分已經完結了。

從回憶中回到現實，思嘉按了鐵閘外的門鈴，鐵閘門很快開了。

一個長髮而且束了辮子的年青男子開門。

「小姐，你要拍照嗎？」他問。

「我是《信心》雜誌的記者，我們的編輯之前跟你約好了的。」思嘉說。

男子移開身體，讓她進去。

這影室一點不像飄雪影室，沒有壁爐、吊扇、雪景的露台……思嘉環視室內，這個只有七百呎小單位，沒什麼裝飾，只是在四堵牆上髹上了黃色油漆。

男子看着思嘉環視四周，也沒有催促她，只是回到原來的崗位，繼續為他的菲林分類，好一會，他才問：「小姐，你不是有許多問題要問嗎？」

思嘉點了點頭。在攝影師更換背景、調校感光的時候，思嘉怔怔地站着凝視四周，從前在飄雪影室發生的事，一樁樁地在腦海浮現。

攝影師看到失魂落魄的思嘉，竟為她拍了幾幀照片。這小影室雖然簡陋，但攝影師拍攝時倒是蠻認真的。

「我的名字是易加謙。」攝影師邊遞上名片邊說：「你是《信心》雜誌的記者……」

思嘉回過神了：「《信心》是一本社福機構辦的雜誌，每期有專題報道一些社會、民生議題的故事。這次，是想報道你義務為老人家拍照的事。」

「不是普通的照片，是『車頭相』。」

「車頭相？」

「是為老人家拍攝之用，是在他們身故之後，放在靈車前和葬禮靈堂上的車頭相。老人家都希望有一張拍得莊嚴或充滿笑容的車頭相，可以在在生時為自己挑一張最滿意的相片，不想子孫從他們的生活照上找，只是他們沒錢請專業攝影師去拍。長者服務社工知道了他們的心願，便找我幫忙做義工。老人家沒多少機會拍這麼專業的大頭照，這些相片對他們來說意義重大啊！」

這時，社工陳姑娘帶着幾個公公、婆婆來拍照，雖然是義務工作，但加謙拍起照來，卻還是一絲不苟的。無論打燈、測光，教公公婆婆擺pose，他都十分認真，絲毫不介意花時間，而且都用上最專業的攝影器材，用最認真、專業的態度去為他們拍照。

性格開朗的他很會逗公公、婆婆們笑，所以拍出來的表情，都是滿臉歡欣的，影室裏充滿了笑聲。

他們看到自己的相片時，臉上流露出心滿意足的表情，有些更看着相片流下了兩行熱淚，這情景也讓思嘉大受感動，覺得這義務工作很有意義。

拍攝完畢，陳姑娘帶走了公公婆婆後，加謙把思嘉送到門口，思嘉的腳步突然停住，她回過身來對攝影師說：

「我可以留在這裏幫忙做義工嗎？我下班後有時間。」

「在這裏幫忙？」攝影師對這個奇怪的女孩，露出大惑不解的表情，「你看看吧！這裏只有我一個人，也沒有太多工作。」

思嘉回應：「我覺得這工作很有意義，我可以為你做聯絡和照顧公公婆婆。陳姑娘工作很忙，為她分擔一下也好。我從前是在藝人的經理人公司工作的，在行內也認識一些人，可以為你介紹一些廣告拍攝的工作。」

攝影師看着眼前這個不令人討厭的女孩子，無可無不可地應承了她。

※　※　※　※　※

思嘉開始在晴天影室工作後，發覺影室中真的每天有晴天。

頭幾天裏，每天總有社工帶着幾個公公、婆婆或是小孩子來拍照，加謙也免費為窮家孩子拍學生相。

公公、婆婆和孩子陽光一般的笑臉照亮了整個影室。有些老人家還帶了家人來拍全家福，加謙也是無任歡迎，總是開開心心的去拍，有時，還會逗孩子玩，和他們聊聊他們家裏發生的事。

思嘉感到這是一間充滿溫情、陽光的影室，不是嗎？這間影室有一個露台，引入了一室陽光，加謙還在上面放了太陽傘、小茶几和沙灘椅，使它變成一個露天茶座。

還有四面鮮黃色的牆，一切也跟這位叫加謙的攝影師一樣，鮮明而開朗。

在思嘉上工的第五天中午，有人來按門鈴，思嘉開門時，一個挺着大肚子的女子站在門外。

「加謙在嗎？」

「在，請你先進來坐。」

思嘉擔心她挺着大肚子太累，連忙讓她坐到沙發上。

加謙從小黑屋裏出來，看見她，馬上高興起來。他走近雪櫃，高聲問：「沈醫生太太喝點什麼？」

沈太太忙嚷：「你還是快點關上雪櫃門，你看不見我的大肚子嗎？從中醫的角度來看，孕婦是不該喝生冷飲品的。」

加謙這才道：「啊！肚子不算大喔！幾個月了？」

「才七個月，已經夠煩人了！」

「沈醫生的效率真高，為你們拍婚紗照，才是一年前的事！」

細心的思嘉為沈太太端來一杯暖水。

「這次是來拍懷孕照留念？」加謙問。

「懷孕時的樣子會很難看嗎？還是該等孩子出世才拍？」

「你現在的狀態這麼好，怎會難看？等我先打好燈，就可以開始拍照了！」

拍了近一小時後，沈醫生也來了，離開前，他對加謙說：「記着下個月中要來覆診檢查啊！我會再叫何姑娘打電話來提你的。」

思嘉看見一抹無奈在加謙臉上掠過，但只停留了一秒，他臉上又回復了開朗的笑容。

思嘉花了半小時收拾剛才的佈景與攝影器材，執拾好之後，加謙從露台玻璃門探出頭來，叫她來喝茶。

在露台的露天茶座上，放了精緻的茶杯、茶具，加謙邊拿着茶包泡茶邊說：「忙了半天，要喝口下午茶休息一下。」

思嘉坐下來，看着加謙泡茶，在陽光充沛的露台上，她好奇地問道：「你是怎麼認識沈醫生的？」

「沈醫生常為陳姑娘那間老人中心做義務工作，為一些老人家檢查、診治。因為老人家都不喜歡到診所，有幾次陳姑娘安排他們來這裏，讓沈醫生檢查，所以我認識了他。」

「沈醫生說你要到他的醫務所覆診，但你一點不像有病呀！」

「只是小時候，我患上了心漏症，本來十多年來也沒事的，但在我二十二歲那一年，醫生説它復發了，如果治理不好，會有生命危險。當時我在雜誌社工作，前景好像一片光明，但在休克過幾次之後，我放下了工作，去了非洲流浪、拍攝。那時候的感覺是，原來生命如此脆弱，卻又如此值得珍惜。從非洲回來之後，沒再回雜誌社工作，剛剛有朋友因工作離開香港，可讓我用這地方做影室，我就接下來做。從前在雜誌社工作拚命拚搏，現在明白了生命的無常，寧願花點時間做些有意義的事。」

思嘉看着他，有點擔心的問：「那現在的病情怎樣？不要緊吧？」

「現在又好像沒什麼事了，沈醫生説，有些幼年時患上心漏症的孩子，長人後會不藥而癒，但如果復發過，就要小心一點，所以他囑我每半年要去一次覆診及檢查，以防萬一。」

思嘉想不到這個看來開朗、健康的大男孩，竟然有這樣的病，她不安地看着自己攬動杯中小匙的手，有點惘然。

加謙看見她發怔，對她說：「乾喝茶不行，要加點忌廉進去，這是朋友替我在UCC買的，放進茶裏喝，會有截然不同的味道。你有去過崇光百貨的UCC喝double cream奶茶嗎？」

思嘉搖頭，加謙續說：「那你嚐嚐吧！這跟在茶餐廳、大排檔喝的奶茶不同，在下午的時間喝，總能給人很悠閒、精緻的感覺。」

思嘉呷一口加了double cream的茶，的確很清香軟滑，很精緻。坐在露台上，看着遠處，思嘉想起方弦教他喝的「茶走」，味道是多麼地不同啊！

看着加謙每天多是為老人家、小孩子拍照，每天只有三數百元的收入，思嘉有點不忍。這樣下去，收入可能連交租也不夠。

她開始為他擔心起來，於是總四出找廣告界的朋友替他接工作。

她要將價錢壓到很低，才接到幾椿小眉小眼的工作，但對加謙這小影室來說，已算不錯的了。

加謙沒理會接到的工作大小，總是很起勁、很認真地去拍攝，他說有工作就好了，只要是自己喜歡投入的工作，收入少也沒關係。

思嘉能從他看着自己作品的表情上，發現很大的滿足感。

思嘉將加謙的完成品交給行家時，行家總會說：「有這樣的質素，該不止收這個價錢啊！」

漸漸，因為口碑，思嘉接到的廣告拍攝工作多起來，但加謙還是先完成了為老人家、孩子拍攝，才做其他工作。

思嘉說：「接多點工作，賺多點錢，可以把影室擴張營業，說不定可以打通隔壁的單位，把這裏擴大成千四呎，也可以多請一、兩個攝影師，不用你這麼辛苦。」

加謙說：「有工作就好了，何必計較多少！但不得不感謝你，這個月令影室賺了多一萬元，該分五千元給你。」

之後，思嘉更努力接工作，艾美看過加謙的作品後，介紹了為一個日本品牌打印機拍廣告硬照的工作給他。完成這份工作，會為影室帶來數萬元的收入。

打印機公司把各款打印機送到加謙的影室，他馬上忙於張羅買小道具，打印機公司的拍攝要求，是要把打印機拍得很有人味、很有感情。

忙了幾個通宵，加謙把幾款造型照拍出來了，打印機公司宣傳部的人員看了很滿意，加謙答應會在一星期後交貨。

「忙了幾個通宵，你今天先放一天假回家休息，明天再回來趕工吧！」加謙當然很疲倦，但他還是讓思嘉先回去休息。

思嘉感激地向他微笑，離去前她回首看這影室裏黃色的牆，和從露台灑下來的滿地陽光，感到這間影室充滿了希望和光明。

第二天回影室時，思嘉發現大廈電梯口有點水漬，馬上有點不祥的預感湧上心頭。上一次飄雪影室火災，她不是看見水流不斷從梯間沖下來嗎！

她急急乘了電梯上去，出了電梯，她看見地上滿是水，影室的門大開着，水不斷從裏面冒出來。

「加謙……」思嘉不斷叫喊，她其實承受不起將再面對的任何景象。

只見加謙已經把打印機、攝影器材統統往沙發及桌上堆，他忙於用竹掃帚把水往露台掃出去，但水還是從黃色的牆壁裏冒出來。

「加謙，發生了什麼事？」

加謙看見她焦急的樣子，安慰她說：「也沒什麼的，只是樓上的業主把原本的工廠單位分成三個劏房租出去給人住，多建了兩個廚房、洗手間，也許是去水位的工程做得不好，髒水從天花板上滲下來，令這裏滿是水。」

「這是什麼時候開始的？」

「昨晚吧！昨晚開始有住客搬進去……」

「你有找樓上的業主交涉嗎？」

「有啊！但租客說一直找不到他……」

「那怎辦？損失了很多攝影器材嗎？」

加謙帶她到露台，讓她看見露台上漂浮着的底片和相片，無奈地說：「攝影器材因為有盒子盛着，倒是沒問題，只是有些從前拍的相片和底片都弄濕了、弄壞了。」

思嘉看着這些底片，很難過。

加謙反倒安慰她：「沒什麼的，相片可以再拍過，世間上總永遠會有美好的東西，在等待着我們去欣賞及拍攝的。」

思嘉聽不進這些安慰話，怔怔的呆立，只在想為什麼上一次是火災，這一次是水災？而且，偏偏在這個以為前面一片光明的時候。

「一星期後還要交相片給打印機公司，現在到處是水，怎辦？」

「所以就要把水掃乾、吸乾。」

思嘉看見水還不斷從天花板冒出來，一時也束手無策，只好跟加謙一樣，機械地把水掃出去，把地抹乾。

直到晚上十一點，兩人已經筋疲力盡，加謙對思嘉說：「你回家休息吧！我在這裏留守好了。」

思嘉因為太疲累，回家之後睡得模模糊糊的，她感到身體發熱、腦袋發燙、喉嚨乾涸，起牀吃了點頭痛藥再去睡，第二天醒來時，已經是中午十二時了。

她硬撐着起牀，梳洗換過衣服，就馬上趕回加謙的影室，看見電梯口再沒有水漬，思嘉才安心了，也許加謙找到樓上的業主，把水喉修好了。

她拿出鑰匙打開黃色的門，裏面的景象，卻把她嚇呆了。

影室裏面，架起了大大小小、各式各樣的營帳，有露天大牌檔頂藍白間條的帆布帳，也有露營用的各式營帳，還有一個像蒙古包一樣的營帳。營帳有圓的、方的、藍色的、紅色的、橙色的、綠色的、藍紅相間的，真的令人眼花繚亂，目不暇給。

思嘉不敢相信自己的眼睛。

加謙出來迎接她，看見她的表情，有點腼腆地笑着說：「水還一直在漏，實在拿它沒法，想來想去，還是回家拿了自己的營帳，再從社區中心和朋友處借來幾個，這個蒙古包，還是從做電影道具的朋友處借來的。攝影器材和打印機也不能弄濕啊！只好這樣，就可以繼續拍攝工作了。」

加謙邊帶思嘉到處觀看邊說：「這個藍色最大的四方營帳，是用來拍攝用的，藍色的背景最適合不過；這個圓形的紅色營帳，裏面放了攝影器材、菲林；打印機就放了在蒙古包裏，還有這個黑色的營帳，可以用來做黑房……」

他指着近露台一個綠色的小營帳說：「這是我從小學做童軍時用到現在的營帳，是我們工作累了用來休息用的，裏面放了幾個小 cushion，是社區中心的小朋友送的。」

思嘉回頭看正在說話的加謙，他朝她笑，思嘉發現原來加謙臉上有兩個很深、很可愛的小酒窩。

「所有東西也用膠箱墊高了，就不怕弄濕，來啊！」

他拉着思嘉到露台邊，思嘉看見那裏放了一對印有 Winnie the Pooh 圖案的黃色膠拖鞋。

「這是給你預備的，下班回去時才換回皮鞋吧！」

於是，加謙和思嘉穿了膠拖鞋，在影室內的營帳旁轉來轉去、進進出出，開展了拍攝工作。

但思嘉的身體還是很虛弱，忙進忙出才不足一小時，她就感到天旋地轉。加謙伸手探一探她的額頭，吃驚起來，馬上讓她坐進綠色的小營帳裏休息，自己再回到外面工作。

思嘉躺在 cushion 上，聽着水從天花板打到營帳上的滴答聲，很快就睡着了。

在她休息了一會之後，加謙拿着一碗粥進來，一口一口的餵她吃，思嘉的病情並不太嚴重，但在這樣的場景氣氛裏，她不願意太快復原。

一口又一口吃着由加謙遞過來的白粥，聽着一滴又一滴在營帳上的聲音，思嘉感到自己的心情，起了異樣的變化。

除了白粥，加謙還為她買了白糖糕，他把白糖糕切成一小片一小片的，讓思嘉容易吃下。

「你也累了吧？」思嘉問。

加謙搖頭，邊吃着油條和炒麵邊説：「這真像讀書的時代去露營呢！」

思嘉看着孩子氣的他，笑說：「去露營的時候，哪有油條、炒麪可吃！」

「我還是先送你回家休息吧！」加謙有點擔心的說。

思嘉搖頭：「不，我留在這裏陪你。」

「那好吧！」加謙為她披上自己的風衣。

思嘉再醒來的時候，露台外的天色已經全黑了。

加謙進來，問她：「肚子餓嗎？」

思嘉搖頭，問他：「照片拍得怎樣了，你也該休息一下了吧！」

加謙笑着説：「已完成了三分之一，現在進來陪你看星。」

看星？思嘉和加謙身處的綠色小營帳，就向着露台那一方，打開了營帳看出去，真的可以看到一輪明月和幾顆小星。

加謙坐進營帳裏，因為空間太小，他們是緊挨着坐的。

「小時候去露營，就是這樣看星。」加謙説。

思嘉彷彿聽到他的心跳聲，節奏快得跟營帳上的水滴聲一樣。

「小時候來不及認識你，和你一起去露營看星，想不到，現在會跟你一起，坐在小營帳裏看星。」加謙溫柔地説。

思嘉看着他說：「你想早點認識我，跟我一起看星嗎？」

加謙點頭，深情地說：「過去了的時日追不回，但願以後，每一次看星月，也是跟你一起的。」

思嘉甜甜的笑着說：「但是今夜的星不多啊！」

加謙怕她失望，他用食指指着漆黑的天空，數算着一顆、兩顆……

在柔和的月色下，也許因為太累，加謙挨在思嘉肩上睡着了。思嘉不忍心弄醒他，整個晚上不敢動的讓他挨着。

當早晨的陽光從露台透進來時，思嘉睜開眼睛，微微動了一下，加謙也醒來了，笑說：「太陽出來了，小童軍要起牀工作了。」

思嘉的身體因為一夜沒動，渾身痛楚，加謙向她連連道歉，還把她拉起來，放到自己的背上，背她到洗手間梳洗。

輪到加謙刷牙洗臉的時候，思嘉拿出茶具放到露台的「露天茶座」去。

她為加謙泡好了茶，還加進了 double cream。

她靜心細聽，除了加謙刷牙時的聲音，那種漏水的「滴答」聲似乎沒有了。一切會變得順利，一切會好起來嗎？

思嘉看着燦爛陽光，為加謙舉杯祝願。

當兩個人一齊呷下那一口溫柔香軟的 double cream 奶茶時，兩人的心裏，同樣是溫柔的、綿軟的。

思嘉和加謙在放滿營帳的影室內，完成了打印機公司的拍攝工作。

※ ※ ※ ※ ※

思嘉從打印機公司職員手中取了支票後，蹦蹦跳跳地跑去百貨公司，為加謙買了一套漂亮的茶具，她想用這一套新茶具去喝double cream奶茶，這一定會更甜美、更幸福。

回到影室，思嘉放下茶具，轉了一圈也不見加謙，這時，卻見他從黑房旁的小房間裏出來，身後還有沈醫生。

沈醫生跟思嘉打了個招呼，再神色凝重地跟加謙說了幾句才離去。

思嘉看到這一幕，心裏又是懷疑又是擔心，加謙上星期去了沈醫生的診所覆診和檢查，這兩天該去拿報告的了。但今天，竟要勞動沈醫生親自到來，是出了什麼狀況嗎？

她馬上拉着加謙問：「沈醫生來是為了什麼？」

看到思嘉凝重的神色，加謙皺了皺眉，說：「沒什麼嘛！」

「是不是你的檢查報告有問題？」思嘉追問。

「你別胡亂擔心好不好？」加謙說着，把思嘉拉到剛才他和沈醫生進過的那間房，裏面放着一個小雪櫃，加謙打開雪櫃的門，說：「是沈醫生送紅雞蛋來。」

「生了嗎？是男孩還是女孩？」

「是男孩子。」

思嘉看着紅雞蛋，在笑自己傻，但想起剛才沈醫生在離去前凝重的神色，還是不能釋懷，她問：「那麼沈醫生在離去前，神色凝重的跟你說什麼？」

加謙看着緊張兮兮的思嘉，笑說：「沈醫生說生了孩子很煩，太太和他的母親常為產後怎樣進補、給孩子吃什麼而爭論，實在煩人！」

「你的身體真的沒什麼嗎？」

「沈醫生說一切正常，可以拍拖、結婚，甚至生孩子。」

思嘉紅着臉追打他。

加謙分給思嘉兩個紅雞蛋，讓她拿回家吃。

思嘉這晚有點心緒不寧，她想起沈醫生從小房間裏出來時的表情，不像是跟加謙訴說家裏的麻煩事兒。

想起那個當下，加謙的臉上也彷彿被陰霾籠罩了。

思嘉剝開了紅雞蛋，這本該包藏着喜氣的蛋殼，如今卻包藏着狐疑與不安。

弄開了蛋白，裏面是還未熟透的蛋黃，思嘉咬了一口，感到喉嚨乾涸。她走到廚房，為自己泡了一杯 double cream 奶茶。

呷下奶茶之後，她想起來，這麼晚喝奶茶，這晚一定睡不好。

但在吃下那半隻雞蛋，和喝下那半杯奶茶之後，她卻睡着了。

夢中，模模糊糊的……她在晴天影室找加謙，但遍尋不獲。

黑房裏，沒有；洗手間，也沒有；連門口、電梯、樓梯轉角處也沒有。她只看見自己在到處奔走，一直奔到一間醫院，然後，往病房、病院的走廊，到處去找。

來到手術室門口，等了又等，終於門開了，裏面還是空無一人。

終於，她又跑回那個無人的病房，白色牆邊的白色牀單上，空蕩蕩的，她感到腰際在晃蕩，耳邊響起空曠的嗡嗡聲。

驚醒的時候，因為天寒，雖已是早上，外面還未有亮光。

思嘉坐起來，感到前所未有的空洞和清冷，她蜷縮起身子，有想哭的衝動。

她咬一咬唇，起牀衝到洗手間，匆匆梳洗後，忙披上一件外衣，跑到樓下召來一輛計程車。

天才剛亮，加謙該不在影室吧？現在上去，會重複夢裏的一個個畫面嗎？

想清楚了，思嘉感到有點清寒，該折回家裏嗎？

車終於在利來工業大廈外面停下來。

拿出鑰匙開門的時候，思嘉很想加謙此際就在門後。但是門開了，還是看不見加謙。思嘉站在門邊，感到全身乏力，頽然想蹲下去。

這時，卻看見加謙從露台走出來，他穿了運動衣褲，似乎是剛跑步回來，在露台休息。

他看見思嘉，馬上迎上前來，問：「你大清早回來幹嗎？」

思嘉衝上前，緊緊擁着他叫喊：「你千萬不要病、不要死、不要遇上意外，不要舊病復發，不要過上不幸的事、不如意的事，不可傷心、不可痛苦、不可以不開心，不可以沒有笑容。還有，不要失去蹤影，讓我找不到，更不要撇下我、丟棄我、離開我……不要扔下我不管，不要讓我一個人……不要住醫院，不要讓我去探病，不要讓我只看見空洞洞的一張病牀……」

加謙緊擁着她，輕撫她的頭髮，輕聲說：「一切都依你。」

思嘉埋首在加謙的胸膛上，抽泣起來，淚水沾在加謙的風衣上，濕透了，又乾回來。

差不多三十分鐘，思嘉的淚水乾了，加謙把思嘉帶到露台，讓她坐到膠椅上，拉起她的手對她說：「你看，太陽還不是升起來了嗎？無論發生什麼事，太陽不會違背它的承諾。」

思嘉漸漸感到太陽的溫暖，它像一雙大手圍攏着她，在溫煦地拭乾她的淚水。

「太陽不會違背它的承諾，那你呢？你會嗎？」

「我當然不會，」加謙一臉凝重的說：「我一定記得自己向你承諾過，我不會病，不會死，不會遇上意外，不會舊病復發，不會遇上不幸的事，不會傷心，不會痛苦，不會不開心，不會沒有笑容。不會失去蹤影，讓你找不到，也不會撇下你、丟棄你、離開你，不會扔下你不管，不會讓你一個人，不會住醫院，不會讓你要來探病，不會讓你只看見空洞洞的一張病牀。」

思嘉有點吃驚：「我剛才的胡言亂語，你竟全記得？那都是些沒意思的話。」她用雙手掩着臉，低下頭。

加謙捉緊她的雙手，說：「你對我說的一切，都不會是沒意思的，你要求我的每句話，我應承你的每句話，都會記得。」

他捉起她的手，在上面輕輕一吻。

思嘉感到這天的陽光分外溫暖，而加謙在手心上那一吻，也傳來跟陽光相同的熱度。

思嘉看見在和煦的陽光中，有一隻小精靈飛進來。小精靈有一雙薄薄的翅膀，小臉上有兩個梨渦，跟加謙臉上的一模一樣。

小精靈停在加謙的肩膊上，思嘉知道小精靈象徵着幸福。

思嘉從前曾看見這小精靈。很多年前父親開了一間工廠，事業上了軌道之後，準備在農曆新年期間，帶她和家人去旅行。

在執拾行李出發前，她看見小精靈飛進家裏。

但那一趟，小精靈很快飛走了。兩年後，父親害了重病離世，小精靈也在那時飛得遠遠去了。

想不到，許多許多年後，小精靈又回來了，她的翅膀更透明、更閃亮，她臉上添上了兩個可愛的小梨渦。

思嘉希望這一次小精靈能夠停留久一點，一年兩年十年一百年，永遠留住。

她站在加謙的肩膊上，思嘉想，如果小精靈只可以帶幸福給一個人，她希望她一直停在加謙肩上，永遠把幸福留給他。

如果小精靈是把幸福同時帶給他們兩個的，思嘉願意把她抓牢，藏在她和他的懷抱裏。

她伸出手，想把小精靈一手抓牢，永不讓她飛走。

※　※　※　※　※

過了一兩天，思嘉才記起她為加謙買的茶具。

思嘉帶他去看剛買回來的茶具，加謙拿起茶杯仔細看着。

「我們不只要買新茶具來慶祝，也許要花錢裝修一下這裏慶祝哩！」

思嘉不解地看着他，那從打印機公司收到的幾萬元，怎夠裝修呢？

「打印機公司宣傳部的人打電話來，說他們在日本的總公司，有一個龐大的宣傳計劃，也要找我們幫手，那是幾十萬元的大生意哩！」

「真的嗎？那就真可以裝修了，我們還可以擴張。」思嘉想了一想，卻又擔心：「但是，我們夠人手接這樣的大生意嗎？」

「就是啊！人手不夠，可是我的朋友，也是這裏的半個合夥人這陣子回香港來了，我會找他幫忙。」

「怎麼從前沒聽你說這影室有另一個合夥人？」

「因為他不常在香港，所以沒向你提起吧！放心，他不是女的，而且也是一個很好的攝影師，一定能幫得上忙的。」

※ ※ ※ ※ ※

兩天之後，打印機公司的人到加謙影室來商討細節，其中一位宣傳部大員，原來是思嘉的舊同事Fanny。

她看見了思嘉，馬上靈機一觸：「遇上你就好了，我們剛為這個宣傳計劃找什麼人拍硬照而煩惱，你從前曾為一間百貨公司拍過的聖誕宣傳照這麼漂亮，正好來幫幫忙了，況且你如今的模樣，比那時更有神采，更漂亮啊！」

另一個宣傳部的人也游說：「對啊！放心吧！是加謙負責拍攝的，拍出來的效果必定很好啊！」

在他們的連番游說下，思嘉終於應承了。

「加謙，你不是說有另一位也是做攝影師的合夥人會幫忙拍照嗎？他是哪一位呢？」其中一人問。

「放心吧！他也是很有經驗的攝影師。」

這時，門鈴響起來，加謙說：「該是他來了，我也約了他來跟你們商討細節的。」

思嘉走近黃色大門，門開了，站着的竟是蓄了點鬍子、神情有點落寞的方弦。

「既然我們有兩位這麼出色的攝影師，他們的攝影風格和觸覺都是這麼不同，我們就請兩位攝影師來一齊操刀，拍出來的兩輯相片，可以一起用，又或者一輯在香港宣傳用，一輯用在日本！」打印機公司的宣傳部主事人Fanny說。

方弦和加謙沒有反對，各自擺好攝影機、測光，兩個同樣高大俊朗的攝影師，他們專注於工作的表情叫人着迷。

「快要到聖誕節了，我們需要拍點有聖誕節氣氛的，用在媒體宣傳上。」

思嘉想起兩年前的聖誕節，方弦在雜誌社的影室裏，為她拍下生平的第一輯宣傳照。

她望向方弦的攝影機那邊，遇上方弦凝視的目光，他們心裏，有着共同回憶的畫面。

咔嚓，咔嚓，方弦為她拍了好幾張照片，在兩個人的目光相接裏，似乎已沒有了攝影機的存在。

「望向這邊！」加謙嚷，「思嘉朝向方弦那邊擺 pose 已經很久了。」

當拍了十來張照片之後，打印機公司的人馬上把剛拍下來的相片輸入電腦，在打印機裏印出來。

Fanny 搬出打印機來，對思嘉説：「一會你看着打印機 print 出的自己的照片，要做出很感觸、很有 mood 的表情，你明白嗎？」

思嘉點頭。

等到相片從打印機出來時，思嘉辨認得到，那是方弦為她拍的照片，她能辨認出加謙和方弦拍出來的相片的不同，剛才自己那種充滿回憶的傷感目光，不是朝向方弦那邊時流露出來的嗎？

看着從打印機出來的照片，思嘉想起昔日拿着方弦為她拍的相片來看的表情，想起方弦駕電單車趕來，親自把放大了的相片交到她手上的時刻，也想起自己每一次看雜誌，戰戰兢兢地察看有沒有方弦為女星拍的相片的心情。

思嘉怔怔地看着相片出神，竟不知道方弦和加謙都已拍完了這部分的相片。

Fanny在旁道：「思嘉，你剛才真投入，一take過就拍完了，我們為了不妨礙你的感情投入，所以都沒有騷擾你，你剛才的表情真很有mood、很有feel啊！我們沒有找錯人哩！」

拍攝的過程很順利，當午間的陽光從露台射進來時，加謙提議先休息一下，思嘉為大家在露台茶座裏，預備了奶茶。方弦收拾好攝影器材出來，看到放在茶杯旁的double cream，若有所思地說：「我只喝茶就可以了。」

加謙的影室從來沒有預備煉奶，只有double cream。她充滿歉意的目光，遇上方弦若有所思的目光，目光交纏了好一會，才被加謙的說話分開。

「聽Fanny說，他們的廣告意念，是希望從打印機印出來的相片，比黑房沖曬出來的相片，還要傳神漂亮，這對於我們做攝影師的來說，要表達這意念還真困難啊！」

方弦呷了一口茶，緩緩地說：「打印機打印出來的，怎及從黑房沖曬出來的相片有感覺？除了拍攝時候的不同技巧，在黑房沖曬中，我們也會用不同的黑房技巧營造出不同的感覺，這是電腦和打印機做不到的。」

「但是用電腦處理相片和用數碼輸出已經是發展的大趨勢，我們做攝影師的，唯有多點將自己的經驗和要求，跟這些寫電腦程式的人交流，希望可以令他們達到我們的標準吧！」加謙呷一口加了 double cream 的奶茶，微笑着說。

「誰說打印機打印出來的相片沒有感情，你們來看看這張方弦為思嘉拍的照片多有感情，也難怪，他們是早就相識的嘛！有默契就會有感情。」Fanny 邊翻看照片邊道。

加謙聽了這話，看了看方弦，又看看思嘉，眼睛裏流露着困惑。

一個星期後，打印機公司拍的這輯宣傳相片完成了，加謙趕緊沖曬好照片，拿到打印機公司去。方弦和思嘉也幫忙將相片分類、裱好及包好。

「我把相片拿給 Fanny，下午有另一間廣告公司的預約，麻煩方弦和思嘉你們一起去了，跟廣告公司談合作，還是你們比較在行，就拜託你們了。」

加謙拿起包裝好的相片，就趕了出去，方弦和思嘉也趕緊選好送過去的作品，乘的士到旺角的帝京酒店。

兩人坐在酒店的咖啡室等候，廣告公司的人還未到，兩人一時找不出話題來。

驀然，眼前出現一個身影，那人說：「想不到兩位金童玉女又走在一起了，兩人真是冰釋前嫌了嗎？」

他們抬頭一看，是他倆都最不想遇到的人——王總。

王總沒理他們的反應，逕自在空凳子上坐了下來。

「你們一位和宋彩兒的關係完結了，另一位又暫時不用陪老細出trip，所以又走在一起了吧？現代社會的男女啊！真不會計較對方的愛情經歷，甚至肉體經歷的……」

當王總講到「肉體經歷」這四個字時，方弦站起身，執起他的衣領，將身形矮小的王總整個提了起來，扔了出去。

王總冷不提防方弦有這樣的舉動，他還在叫痛，伏在地上沒能爬起時，方弦一個箭步，朝他的臉一拳打去。

咖啡室的侍應聞聲趕來，把方弦拉開，方弦對侍應説：「這裏不是不准帶狗進來的嗎？為什麼這隻骯髒討厭的畜牲可以進來的？」

當方弦和思嘉回到晴天影室的時候，加謙還沒回來，他留下一張紙條說社區中心今晚有生日會，他要去為公公婆婆拍照，要很晚才回來。

方弦和思嘉各自坐在影室一端的沙發上，誰也沒跟誰說話，兩人默默地對坐着。

因為不想氣氛太寂靜，方弦站起身，開啟了電台廣播，廣播中傳出嘈吵的響聲，方弦馬上調校，轉到一個播放懷舊音樂節目的頻道。

兩人又默默地坐了一會，這時，電台 DJ 說：「以下為大家選播的一首歌，是 *In my Life*，但不是 Beatles 唱的版本，而是日本歌手藤田惠美唱的版本。」

喇叭筒傳來這幾句歌詞：

There are places I'll remember all my life

Though some have changed
Some forever not for better
Some have gone and some remain
All these places had their moments
With lovers and friends I still can recall

在音樂過場的時候，方弦說：「其實我從來沒有相信王總說的話，只是火災後，心情一直很沉重，一直不知道怎樣面對你，而且，又害怕要你為修復影室的事勞心，難為自己，所以我接了到紐約拍外景相片的工作，本來只是去兩個月，就可以賺到一點錢，足夠修復影室的一部分，但中間發生了疫症，拍攝工作延遲了，在那邊等了幾個月，後來那間公司竟然把拍攝計劃擱置了。誰知，從紐約回來之後，這裏的一切都改變了。」

真是一切已改變了嗎？思嘉默然。

此際，歌聲又再響起：

Though I know I'll never lose affection
For people and things that went before
I know I'll often stop and think about them
In my life I'll love you more

※　※　※　※　※

晴天影室的生意愈來愈好，兩個男人在影室裏忙得起勁。

為了不妨礙他們工作，思嘉只是默默的在他們旁邊打點一切，還有，為他們預備下午茶。

有點不同的是，這兩天開始，她除了預備 double cream 之外，還買了煉奶，為方弦預備了「茶走」。

「你還是喜歡喝這種奶茶嗎？」

加謙看着方弦手中的奶茶，說起方弦帶他入行的事情，那時天天下午，方弦都會帶他到大牌檔喝「茶走」。

「但我總有點喝不慣。」加謙這樣說。

喝完後，加謙又出發到社區中心幫忙。這陣子，他總是常常外出工作，留下在室內拍攝的工作給方弦。

當思嘉為方弦預備拍攝硬照的鏡頭和佈景時，門鈴響了。

是加謙折返回來嗎？他有帶鑰匙啊！思嘉這樣想。

打開門，卻是生了孩子後極速回復窈窕的沈太太。

「沈太太，你不是說好要帶孩子來拍照的嗎？」思嘉問。

「遲一點吧，遲一點才帶他來拍幾張全家福，」她環顧影室一遍，問：「加謙不在嗎？」

「他去了社區中心，你找他有事嗎？」

「買東西路過，想找他聊聊天吧了！他不在，跟你聊幾句也是一樣的。」

思嘉轉身看看正等着她的方弦，對沈太太說：「我們正忙於拍幾張硬照，你先到露台那邊坐坐，等我 set 好佈景再來跟你聊天好嗎？」

沈太太坐在露台的陽光下，默默地看着方弦和思嘉合作無間的工作。

一會兒，思嘉拿着茶杯，坐到沈太太身邊。

「這陣子，加謙很忙嗎？」沒等得及思嘉坐下來，沈太太問。

「嗯，這陣子，影室的工作很忙。」

「忙得沒時間來覆診？」

「覆診？」

「對啊！上次加謙覆診之後，嘉偉觀察到他的病情有了一點變化，叫他一個月來覆診一次，但這幾個月，他沒有來。」

「有了變化？有了什麼變化？是惡化了嗎？」思嘉感到自己的心正受着重壓。

「那就不知道了，嘉偉說那是病人的私隱，連太太也不能透露。我只知道有加謙這種病的患者，不適宜幹太繁重、壓力太大的工作，但加謙這陣子這麼拚命工作，不眠不休，不知道會否加重了心臟的負荷呢？我曾經聽人說過，有些患了心漏症的病人，會在睡夢間，無聲無息的就走了，一睡不起，再不醒來，這多可怕！」

思嘉聽了，低下頭，彷彿自己頭上所受的壓力也加重了。

「我所認識的加謙，向來工作也是悠悠閒閒的，但這陣子不同了，他說過，多接點生意，多賺點錢，就可以把影室擴張，說不定可以租了隔壁的單位，打通兩處地方；賺多點錢，還可以把影室粉飾得漂亮一點。他說剛儲到一點錢，又適逢樓上漏水，花了錢為上面的人做了維修。我聽了跟他說：上面的人家漏水，該是上面的人負責，怎麼自己掏錢出來為他人做事？他卻說找不到上面的業主，為免大家擔心，快點維修完便算了。我不明白他說的『大家』是指誰，但我所認識的加謙，素來是樂天派，從不會擔憂什麼的……」

聽到這裏，思嘉低下頭，想不出一句話來回應。

沈太太續說：「加謙那回對我說要把影室裝修成怎樣怎樣，但我聽了覺得奇怪，這種粉飾從來不是他的品味……但怎說也好，他總是希望『大家』開心的，但從現在的情況看來，他似乎是太樂觀……」

沈太太說着，望向忙於工作的方弦。

思嘉聽着，想起加謙這幾個月來的辛勞，想起那一天影室裏架起大大小小的營帳，想起漏水的情況於兩天內修復了，想起加謙為她所做的一切，不覺掉下淚來，淚水一行行滴進手中的茶杯裏。

沈太太來過之後幾天，在思嘉的不斷催促下，加謙總算到了沈醫生的醫務所覆診。

他從醫務所回到影室時，思嘉和方弦正興高采烈地圍着一張淺紫色的化妝桌談話。

「跟當時那張一模一樣！」思嘉嚷。

「當然是一模一樣，是我親手造的嘛！只是，它好像跟這裏的一切不十分合襯，它好像跟從前的水晶燈、格仔布沙發合襯一點。」方弦說。

「來這裏拍照的婆婆和小朋友，看見了這小化妝桌可會樂透了吧！」思嘉說。

方弦聽了，深情的看着思嘉說：「跟從前一樣，這化妝桌是為你一個人而造的，是只給你一個人用的。」

思嘉聽了感動，怔怔的和方弦對望了幾分鐘，當她回過神來，想拿布來抹桌面，才發現站在門邊的加謙。

「加謙你看，這化妝桌多漂亮！」思嘉若無其事的對加謙說。

加謙本來想立即把覆診的檢查結果告知思嘉，但看來她現在並不關心這些事情。

一個星期後，當思嘉早上回到影室，她發現露台的小茶几上，放着加謙留下來的紙張：

思嘉：

今天，我要出發到南美洲。

是很久之前的計劃了，我想到那邊，拍攝那邊的大自然和動物，不知道會去多久的，但想回來的時候就會回來，你不用掛念。

也許，還會到美國紐約那邊看病，沈醫生說他認識那邊的一位心臟科醫生，醫治心漏症很有經驗的。

有空的時候，我會傳訊息回來，也許，會把拍到的相片，也傳回來給你看。社區中心那邊，方弦應承會代替我為公公婆婆和孩子們拍照，他說他會照顧他們的。

其實，我也想對他說：請他代我照顧你，但我想，這句話大概不用說出口了，他一定會的。

祝你幸福！

加謙

思嘉看完了信，淚水不斷地滴下來。

加謙走了之後，影室的生意十分好，方弦從前認識的客戶紛紛來找他合作。

除了淺紫色的化妝間外，方弦買回來的格仔布沙發和水晶燈，令這裏又彷彿回到了從前飄雪影室的樣子。

方弦的工作更忙了，他從前在雜誌社工作時，合作過的女藝人，現在有幾個都冒出頭來了，她們都指定方弦為她們拍照，方弦恢復跟以前一樣忙碌。

工作至三更半夜，淩晨一時多，在影室樓下冷清的街上，思嘉抬頭仰望星空，星空是多麼地冷清，似乎，連星空也跟從前大大的不同了。

思嘉回家後，洗了一個熱水澡，雖然身體浸在熱水裏面，寒冷卻恍似從身體的深處冒出來。

她用被子捲緊自己，在朦朧中睡去。

在接近天亮的時候，她做了一個夢。

夢中，她回到髹上黃澄澄油漆的影室，影室的頂端，懸掛着一盞水晶燈，水晶燈旁邊，是一把古典吊扇。

黃色的影室裏，東一邊、西一撮，都站着人，方弦的舊同事、家人、新的客戶、Fanny，還有……王總和宋彩兒，一個個都從容自若。更有各式女藝人、她們的助手，這些人站滿了影室的每個角落，唯有思嘉找不到一個可以容身的地方，找不到一個可以談上兩句的人。

在人羣的環繞中，感到分外的寂寞、虛空。

影室裏，似乎還缺少了那麼重要的一個人，思嘉在人羣裏尋尋覓覓，還是遍尋不獲，撲了個空。

她艱苦掙扎，想擺脱這一羣人，想離開這個地方。終於，她的身子飄了起來，游離了人羣，然後，又降落在另一個地方。

這另一個地方，是黃澄澄的影室，可是，這刻卻空無一人，四周晃蕩着冷清。

本來象徵溫暖陽光的黃色，卻顯得刺眼、逼人，思嘉不斷大叫着，想叫出一個人來。想叫什麼人呢？思嘉不知道，但總該有一個人，有一個熟悉的人，走出來迎接自己吧！

思嘉叫至力竭聲嘶，還是無人回應，她絕望地蹲在地上，抬頭時，卻看見大花板的水晶燈和古典吊扇搖搖欲墜，像快要掉下來了——

思嘉驚醒了，感到自己已被汗水濕透，她坐起來，茫然地回想着剛才的夢。

直至陽光透進來，思嘉進浴室沐浴，然後換過衣服，乘車回影室。

開了門，門外一切景物依舊，依然是像夢中一樣。

走到露台，卻看見方弦從黑房出來，手裏還拿着菲林。

他看見思嘉，吃驚道：「你這麼早回來幹嗎？你的臉色好蒼白，發生了什麼事嗎？」

思嘉在影室裏看見了人，心神定了一定。她怔怔地看着方弦，卻感受不到夢中會找到的人的喜悅。

方弦還想細問，思嘉說：「我沒事，你回去工作吧。」

方弦說：「已經做完了，我和你下樓吃早餐吧！」

在茶餐廳裏，思嘉看着喝「茶走」的方弦，突然感到眼前這個人很陌生。

她呷了一口「茶走」，感受這味道同樣帶給她一種陌生的、不認識的感覺。

這一晚，方弦收拾好攝影器材後，想找思嘉一起吃晚飯，卻發現她坐在透着美好月色的露台上，手裏拿着 double cream 奶茶，凝神地看着遠方。

方弦想，思嘉手裏拿着的奶茶，大概是 double cream 的吧！因為思嘉這陣子，好像不太記得為他買煉奶了。

思嘉看着窗外的月色，她記起自己已經很久沒坐下來欣賞月色。對上一次，是和加謙坐在綠色小營帳裏，看月亮、數星星，還有，加謙臉上那兩個很可愛的酒窩。

為什麼？之前一直忙於工作，沒時間靜下來，沒時間看這美麗的月色呢？為什麼當時好像從沒有珍惜過，這種一起看月光、看星星的日子？

加謙現在身在遠地，他會是到了郊野中，置身大自然之中，躲在營帳裏看星星嗎？

他的笑容，是否還一樣？他的兩個酒窩，是否仍一樣地清晰迷人？

思嘉想起，在她失業、失戀、人生中最失意的時候，是加謙燦爛的笑容，支持她努力地生活下去的。

現在，影室的生意好起來了，影室的裝飾更漂亮了，然而，今夜，月色淡了，星光暗了，人走了，茶也涼了。

※　※　※　※　※

幾個月後，方弦收到了打印機公司那宗大生意的酬勞，回來之後，帶思嘉去吃燭光晚餐。

方弦約了思嘉在新世界酒店頂樓的Panaroma，思嘉看看餐牌，暗嚷：「很貴啊！」

思嘉這晚沒有刻意打扮，她不禁看看自己這一身裝扮，似乎並不適合這晚的氣氛。

方弦叫了兩杯紅酒，在主菜還未到時，他對思嘉說：「我買了禮物給你。」

方弦從手提袋裏拿禮物時，思嘉心裏咚咚跳，如果此刻方弦拿出鑽戒來，向自己求婚，那怎麼辦？

方弦遞給她一個印着航空公司標誌的信封。

拆着信封的時候，思嘉問：「我們要去旅行嗎？到什麼地方？」

「紐約。」方弦說。

思嘉打開信封，看見裏面有一張去紐約的單程機票。

「怎麼是單程的？」思嘉不解地問。

「因為不知道你什麼時候會回來。」

「我什麼時候會回來？」思嘉感到了事情有點不對勁。

「聽說加謙此刻身在紐約……」方弦說着，思嘉怔怔的看着他，不知道該說什麼。

方弦舉起酒杯，對她說：「祝你幸福！」

第六章　沙漠的雪

該去美國嗎？該放下香港的一切，包括方弦？到了美國真的會找得到加謙？他的病情怎樣了？和加謙重遇之後，她要面對怎樣的事情？還是該留在香港，這個自己最熟悉的地方，追尋往日駱駝漆大廈那個未完的夢？

說來也奇怪，自從去了一趟D2之後，她沒再做那在工業大廈中尋尋覓覓的夢，只是仍夢到駱駝拚命要走出沙漠。

自己是否也應該放下舊日的重擔走出去？

她心裏忐忑，苦苦掙扎，尋找答案……

※　※　※　※　※

思嘉到紐約找加謙時，加謙已轉了到其他地方。思嘉輾轉去了幾個國家，她終於在智利找到加謙。

加謙在追隨一個探險隊拍攝後，便把賺來的金錢，用在到南美拍攝原野動物的旅程上。

看見專心致志拍攝斑馬、猿猴、野豹的加謙，思嘉明白加謙是不應該留在香港拍攝女藝人、打印機的。

當斑馬在他們面前奔跑時，加謙全心全意地按下照相機按鈕，他對思嘉說：「拍完這輯照片，我就會把相片寄到 *National Geographic*，照片能被這刊物刊出，是我畢生的願望。」

思嘉踮高腳跟，伸高手拍拍他的頭，說：「你行的。」

回到鄉郊的旅店時，很多時是加謙埋首沖曬他的照片，思嘉則在微弱的燈光下，看借來的動物百科全書，她看到上面有關動物的趣事，會像母親睡前說故事般，對加謙解說。

有一次，她看到關於駱駝的資料，令她想起駱駝漆大廈外牆的那隻駱駝商標，因此對駱駝產生了強烈興趣。她將一些有趣資料讀給加謙聽：

「駱駝主要有單峰駱駝和雙峰駱駝兩種，多見於沙漠地帶。因其在沙漠以及酷暑、嚴寒等惡劣自然環境下仍能良好生存的生理特點，沙漠邊緣的居民早在公元前三千年左右便開始馴養駱駝作為役畜，以供在沙漠和極端氣候之中馱運貨物和騎乘，因此駱駝素有『沙漠之舟』的美稱。

「在文化層面上，駱駝常被作為堅忍、適應力強、任勞任怨和不畏艱險的象徵。駱駝的平均壽命可長達四十至五十年。駱駝食用大部分的綠色植物，堅韌的嘴唇與口腔組織能夠幫助食用仙人掌。駱駝可以跑得很快，衝刺時的速度可以到達六十五千米，長程的速度為每小時四十千米；雙峰駱駝重量是三百至一千公斤，單峰駱駝重量則是三百至六百公斤。

「駱駝的駝峰並不是用來直接儲存水份，而是儲存脂肪組織。理論上脂肪氧化後可以產生二氧化碳與水，同時也能夠產生能量。駱駝的紅血球呈凹槽橢圓形，這是為了讓紅血球在脱水狀態下仍可以流動。這種獨特的形狀使這些細胞還更加穩定，在飲用大量水時，不至於因滲透性的改變而撕裂。

「駱駝可以忍受其他動物無法忍受的體溫和飲水供應的巨大變化。駱駝的體溫晚間為三十四度，白天高達四十一度，只有在高於這個體溫，駱駝才開始出汗。這樣駱駝可以每天節省約五公升水，並可以忍受出汗引起的百分之二十五的體重損失。

「駱駝的厚毛髮可以反射陽光，皮毛同時幫助駱駝隔熱。牠們的長腳也讓它們遠離火燙的地面。牠們的嘴也很強壯，可以咀嚼多刺的沙漠植物。駱駝的長睫毛和毛髮，可封閉鼻孔，可以幫助牠們隔絕沙塵，同時移動同側雙腳的獨特步伐和寬大的腳掌防止在走動時陷入沙中……」

讀到這裏，思嘉看到加謙好像在打盹的樣子，便對他說：「為了知道你有沒有留心聽，考你問答題，第一題：駱駝有什麼優點？」

加謙舉起手來扮作搶答，說：「駱駝常被視作為堅忍、適應力強、任勞任怨和不畏艱險。」

「第二題：駱駝怎樣適應沙漠的惡劣環境？」思嘉續說。

「駱駝可以忍受體溫和飲水供應的巨大變化。牠的厚毛髮可以反射陽光，皮毛同時幫助隔熱，它們的長腳有助遠離火燙的地面，長睫毛和毛髮，可封閉的鼻孔，隔絕沙塵……」加謙回答得有條不紊。

「好，這可以證明你有聽我說了，我還要再讀下去嗎？」

「你給我自己看吧，我對這種動物也很有興趣。」加謙說，思嘉把書遞給他。

※　※　※　※　※

加謙完成了手頭上的工作，坐到思嘉正坐着的沙發上，對她說：「這裏的拍攝快完了，之後我們會回英國，去我父母家的莊園裏住一個短時期，你還有什麼地方想去的？這陣子，你只是隨着我去我要去的地方，你呢？你自己想到什麼地方去？」

「你不掛念香港嗎？你不掛念香港的公公婆婆和孩子嗎？」思嘉問他。

「嗯，回英國小住一陣子後會回去的，你喜歡在英國多久便多久，如果你住不慣，一兩個星期想回去了，我就陪你回去，好麼？」

思嘉點頭，她心上突然閃過一個念頭：「你可以陪我去沙漠嗎？」

「沙漠？」

「我想看駱駝。」

加謙沒多問，點頭應承了她。

※　※　※　※　※

當思嘉和加謙來到撒哈拉沙漠，看到的竟不是艷陽高照、熾熱天氣的沙漠，而是大雪紛飛的奇景，撒哈拉沙漠竟下起雪來了！

那一個月那一期的 *National Geographic* 中，刊出了處在赤道的撒哈拉沙漠難得一見的相片——撒哈拉沙漠阿爾及利亞艾音塞夫拉（Aïn Séfra）小鎮的天空中飄起雪花，棕黃色的沙漠被鋪上一層白色的飛雪。

相片下還有這些解說的文字：沙烏地阿拉伯西北部的塔布克區（Tabuk）在本月出現異常的天氣變化，一名來自香港的攝影師捕捉到駱駝在雪中的畫面，這個區域在最炎熱季節高溫可達五十度，但是這個月氣溫驟降至零度以下，十日山區下起雪。本週撒哈拉沙漠一處小鎮溫度則降到零下三度也下起雪。

降雪的艾音塞夫拉（Aïn Séfra）小鎮被阿特拉斯山脈包圍，海拔約一千公尺，素有「通往沙漠的門户」之稱。沙烏地阿拉伯在二〇一八年也曾經歷了下雪天，當時黎巴嫩，敘利亞和伊朗也降雪，部分區域累積降雪量高達一百二十公分。

今年冬季受負北極震盪影響，極地冷空氣南下至中低緯度地區，造成一片天寒地凍，北回歸線通過的撒哈拉沙漠氣温竟然也降至冰點，降下皚皚白雪，附近的阿拉伯國家更出現雪地中的駱駝景象。

「現在是一月，撒哈拉沙漠在一月的溫度會降至零度以下。這時天空會降下大雪，大雪也覆蓋沙烏地阿拉伯部分地區，低溫只有零下二度。」加謙為思嘉解釋。

在大雪紛飛的沙漠中，有一隊駱駝冒雪經過，思嘉看着這難得一見的情景，說：「我以為來到這裏可以看到忍耐高溫和在乾旱的沙漠尋找水源的駱駝，看看牠是怎樣面對惡劣環境掙扎生存的。」

「在嚴寒的天氣中，一樣可看到駱駝在惡劣環境中掙扎生存的能力啊！駱駝是恆溫動物，一般在外界溫度變化時，能夠保持恆定體溫。體溫的恆定，賦予動物抗熱和抗寒的能力，從而更好地保護自己。駱駝能夠利用內分泌和神經系統令體溫自動調節，以適應季節性的溫度變化。駱駝的生活地帶氣溫常在零下二十至三十度，最低氣溫甚至達到零下四十五至五十度，但駱駝仍能正常生活。荒漠地區的溫度變化異常劇烈，冬春季節更是風大而寒流頻繁，駱駝之所以如此能耐寒，一是因為牠的兩峰和腹腔內貯積有較多的脂肪，隨時可補充熱能需要；二是全身絨毛發達而且極厚，保溫能力強；三是有自我調節行為，當大風降溫時，牠總是後軀對着擋風物躺下，四蹄貼腹，以減少散熱面積，起到防止熱傳導的作用。」加謙娓娓道來。

「你怎知道這些的？你怎麼知道得這麼清楚？」思嘉問。

「你不是給我看了動物百科全書嗎？這是書內關於駱駝的知識，我都記得很清楚，來撒哈拉沙漠之前，我還再看了一遍。」

「想不到你是很勤力溫習的小朋友呢！」思嘉笑着說。

「那麼老師你還記得那時問過小朋友的問題嗎？你問駱駝有什麼優點？駱駝怎樣適應沙漠的惡劣環境？」

「怎會不記得？當時你回答說：駱駝常被視作為堅忍、適應力強、任勞任怨和不畏艱險。」

「你看看這些耐寒的駱駝，其實我們也可以跟牠一樣堅忍、適應力強、任勞任怨和不畏艱險。」

「可以嗎？我對自己沒有信心。我連可怕的夢境也沒辦法克服、戰勝呢！在夢裏跑來跑去、竭力尋找，也找不到出路，就像一隻跑不出沙漠的駱駝，無論怎樣也找不到水源，沒辦法活下去……」

「你告訴過我，你曾做過自己變成一隻跑不出沙漠的駱駝的夢，所以我把駱駝的優點都一一好好記住，在你再做這樣的夢、再在夢裏苦苦掙扎、呼叫時，我會告訴你：駱駝堅忍、適應力強、任勞任怨和不畏艱險，牠可以走出這個荒漠，可以找到水源，好好生活下去！」

「可以嗎？真的可以嗎？」思嘉在懷疑自己。

「可以的，我們都是一隻勇敢、堅韌的駱駝！在紐約，我可以勇敢面對生與死，可以讓自己的病得到醫治，我相信自己可以堅強到帶你走出你以為走不出去的夢境，可以帶着這隻小駱駝走出去！可是，我想告訴你，這隻駱駝不需要走出沙漠，牠這麼勇敢、堅韌，牠一定可以在沙漠裏好好生活下去，不需要逃避，不需要逃離，就在牠成長的地方好好生活下去！」

「我也許還沒有這樣的信心……」

「我們回到香港，以沙漠和雪地中駱駝的堅韌，試試自己能否在炙熱和大風雪中走下去、堅持下去吧！」

看着加謙堅毅的眼神，思嘉用力的點頭。

尾聲　在這裏重新起步

步出荔枝角地鐵站D2出口，走了幾分鐘，加謙和思嘉來到D2 place第二期。回到香港之後，思嘉應之前工作的社福機構的前同事邀請，到這裏參觀他們在週末市集舉辦的展覽。

「這裏真的完全不同了，只是短短一年多，這裏從一棟普通的工業大廈，變成充滿創意的商場。不知道晴天影室還在不在呢？我還沒聯絡過方弦問他。」加謙說。

「不用問了吧！回到香港，一切可以重新開始。忘記背後，努力向前，舊事已過，都變成新的了！」思嘉抬頭看着藍藍的天空說。

進入市集，經過幾個攤位，思嘉已經看到「信心」兩個大字，知道這是她從前工作的社福機構的攤位。

除了從前《信心》雜誌的同事，她還見到常常帶公公婆婆到晴天影室拍照的陳姑娘。

陳姑娘迎上前說：「這次的展覽是我們和《信心》的社福機構辦的，你過來看看，這裏應該有你認識的新聞系同學或者前記者同事吧？」

走近攤位時，思嘉的確遇上了從前一起唸新聞系的同學，還有從前傳媒機構的記者同事。由於現在比較難找到合適的記者工作，舊同事有些從前做時事、突發的，現在轉了去跑法庭線；有些從前以採訪人物為主的，轉而去採訪全香港、九龍、新界店舖的貓店長，辦起貓店長的網站、臉書、雜誌來；有幾個記者朋友開了一間唐樓四樓的書店，售賣有關香港歷史、掌故、懷舊故事的書；在中學從事教育工作的朋友，除了教學之外，又教學生辦學生雜誌，做編輯、記者的工作；最特別的是有一個喜歡做甜品的前同事，專門去採訪住在劏房的人，用他的甜品去換劏房故事，採訪及寫好了就放在Patroen和讀者分享。

思嘉和他的同學及前同事聚舊得差不多了，陳姑娘就向他們講解辦這次展覽的緣起：

「我們得到基金的資助，讓我們去說香港人的生命故事。這個商場的負責人還專誠撥出一個千多呎的單位，成為我們的工作室，讓我們去做這件事。我們招募了許多記者朋友來幫忙，還有攝影師。這個計劃分為幾部分，我們會請一些記者訪問公公婆婆，請他們說出自己的生命故事，還會請攝影師為他們拍照，之後編輯成書，給老人家和他們的家人留念，亦可以作為他們在香港打拚過的見證。此外，我們還會請記者朋友去訪問香港人，成為活的圖書，好為香港留下口述歷史、活的見證。

「首先我們想做的是關於香港的工業的，我們的上一代很多也是藍領階級，即是在工廠工作的，而在這些工廠大廈工作的有不同工業的工人，例如玩具、電子、紡紗、製衣業等等，這些在香港作出過重大貢獻的工人，他們的生活、他們的工作、他們的工作環境，也是現在年青人不認識的。請記者朋友訪問他們，用文字記錄下來，還錄下他們的聲音、錄像，可以儲存在圖書館裏，也可以邀請這些對香港有重大貢獻的前工人成為活人圖書，他們可以去中小學為香港的工業做見證。這些活人圖書也要由經驗豐富的記者去訓練的。思嘉你是唸新聞系的，做過記者，也做過市場推廣，找你來幫忙便最適合了！」

「找我幫忙？」思嘉有點受寵若驚。

「對了，你可以幫忙策劃，還有聯繫記者朋友，這個計劃就一定能成事了。當然加謙也要幫忙，用相機、攝錄機記錄下這一切，這是很珍貴的香港歷史呢！」陳姑娘續說。

「我當然很樂意做，但不知道是否應付得來。之前做的一些事都是虎頭蛇尾，遇到困難就退縮、逃避了，我對自己的信心不是很……」思嘉說。

「你忘記了嗎？我們都是堅忍、適應力強、任勞任怨和不畏艱險的駱駝。在炙熱的沙漠或者刮大風、下大雪也不怕。你看你的這些記者朋友不是也一樣嗎？他們不是一樣有堅毅和適應力強的能耐嗎？我們這些駱駝不需要走出沙漠，憑着勇敢、堅韌，一定可以在沙漠中活下去，不需要逃避，不需要逃離，就在自己成長的地方好好生活下去！」加謙鼓勵她。

「你不用現在答覆我，看完這個展覽再考慮吧！這是關於香港工業發展歷史的展覽，看完這數十年來香港人在這地方流過的血和汗，才再回覆吧！」陳姑娘說。

思嘉點頭，邊聽着陳姑娘的介紹，邊參觀這個展覽。因為辦展覽的是一個基督教社福機構，第一塊展板的內容是成立這機構的信念：

愛是恆久忍耐，又有恩慈；愛是不嫉妒；愛是不自誇，不張狂，不做害羞的事，不求自己的益處，不輕易發怒，不計算人的惡，不喜歡不義，只喜歡真理；凡事包容，凡事相信，凡事盼望，凡事忍耐。愛是永不止息。（哥林多前書十三章四至八節）

※ ※ ※ ※ ※

思嘉記起從前因為經常做着在工業大廈中怎樣跑、怎樣尋找也找不到出路的夢，因此大受困擾，之後，她在圖書館借來一本解釋夢的書，那本書裏面說，原來做夢是有積極作用的。

夢境具有象徵意義，它的內容就是人們腦中潛意識的想法、衝動或是慾望，分析仍記得的夢境元素，能令人了解自己的原始願望，能避免無意識的內心壓抑。

在夢境中遇見危機，其實在訓練人們處理危機的能力。在夢裏面，會透過心智創造各種情境，幫助自己解決現實生活中的問題，且能釐清在清醒時沒辦法想清楚的問題。

當時自己是怎樣解決夢中的問題，或者藉着夢解決現實的問題呢？思嘉苦思不得其解。

剛才陳姑娘所說的，也許就是她的願望，就是她想做的。她還記得陳姑娘對她說的話：「我們這社福機構的宗旨，就是學習神對我們的愛，藉着助人去表達愛神、愛人。我們愛，因為神先愛我們，在愛裏沒有懼怕……」

在愛裏沒有懼怕？之前自己不停做的夢，不就是源於懼怕嗎？懼怕失去，懼怕徒勞尋覓、求而得不到……

她再細想，也許之前做的這些夢，是有積極作用的，讓她更了解自己的內心，讓她回到自己從前唸新聞系、做記者工作的初心。

無論在多艱難的時勢、多險惡的境況中，也可以做自己想做的事、認為有意義的事，就像駱駝，在炙熱的沙漠中、在大雪紛飛的荒漠上，仍然能夠負重前行，在牠成長的地方好好活下去、走下去……

駱駝走不出沙漠，也許才不會有遺憾。